이월되지 않는 엄마

이월되지 않는 엄마

임경섭의 **2**월

나의 가장 사랑하는

조영애 여사께

차례

작
가
의

말

내 봄의 문을 여는 꽃, 마가렛*

초등학교에 갓 입학한 누나의
자연 교과서를 훔쳐보던 나는 물었다.

엄마는 어떤 꽃을 좋아해?

산수유 개나리 진달래 같은
봄의 문을 여는 꽃 몇 말고는
모르던 때였다.

엄마는 마가렛을 좋아해.
나중에 엄마가 죽으면
국화 대신 마가렛을 가져다주렴.

*마가렛의 규범 표기는 마거리트이지만
 울 엄마가 저렇게 알려줬으므로
 나에겐 마가렛이다.

오늘,
거짓이길 기도하다

너무 이른 만우절

누나에게 전화가 왔다. 늦은 시간이었고 평소 서로 연락하는 사이가 아니기도 해서 달갑지 않은 전화였다. 아니, 달갑지 않았다기보다는 뭔가 불길한 예감이 드는 전화였던 것 같다.

정확히 이십사 년 전 오늘의 일이니 정말이지 오래된 일이다. 대학교 이학년에 올라가는 겨울방학이었는데, 연신내 큰이모네 집에 얹혀살던 나는 방학 동안 원주 고향집에 내려가 있었다. 공부보다 사람을 좋아했던 나에게 일 년간 경험한 대학 생활은 체질에 맞았다. 공부보다 데모를, 수업보다 동아리 활동을, 문학보다 술자리를 소중히 여기는 동기와 선배가 많았고, 나는 그런 사람들이 좋았다. 그렇게 맞이한 대학 생활의 첫 겨울방학은 참혹하게도 지루한 것이었다. 하루빨리 개강을 맞아 맘 맞는 동기들과 선배들과 흥청망청 웃고 떠들며 놀고 싶었다.

나 같은 촌놈들 중 방학 동안 고향에 내려가지 않고 학교 근처 자취방에 기거하면서 이십대 초년을 허송세월로 일관하던 준연이나 대주 같은 친한 동기가 몇 있었는데, 부모에게 이런저런 핑계를 대고서라도 그 친구들 자취방으로 올라가 삐대고 싶은 마음이 굴뚝같았다. 하지만 그럴 수 없는 사정이 있었다. 엄마 때문이었다.

2001년도 우리 과 학생회장을 맡은 종길이 형에게서 몇 주 전부터 끈덕지게 전화가 왔다. 예비 대학 뒤풀이 사회를 내가 꼭 봐야 한다는 게 전화의 요지였다. 아니 국문과 희대의 사회자 진열이 형이 있는데 제가 무슨 사홥니까 했지만, 진열이는 더 중요한 일을 맡았어, 가 종길이 형의 일관된 답이었다. 예비 대학 사회도 아니고 예비 대학 뒤풀이 사회라니. 존심이 상하는 면이 없잖아 있었지만, 동기와 선배들 게다가 첨 보는 후배들과 재밌게 놀 수 있는 대잔치에 너무나도 같이하고 싶은 게 솔직한 심정이었다. 하지만 엄마가 입원해 있는데 하나뿐인 아들로서 마냥 놀러 나다닐 수는 없는 노릇이었다. 몇 주가 지나는 동안 그 자리에 가고 싶은 마음이 가시질 않아 끈덕지게 전화하는 학생회장을 빙자해 딱 1박 2일만 학교에 다녀오겠다는 마음을 조심스레 엄마에게 피력했고, 엄마는 흔쾌히 다녀오라 했다. 나 대신 그날의 간병 당번은 누나로 확정되었다. 2001년 2월 1일의 일이다.

내가 좋아하는 사람들, 내가 좋아하는 이야기들, 내가 좋아하는 냄새와 시간들. 내가 생각했던 것보다 몇 곱절은 즐거운 공간이었다. 매년 똑같은 병치레를 반복하는 엄마가 못내 신경 쓰이긴 했지만, 봄이 되면 다시 괜찮아질 거라는 막연한 기대를 가슴 한편에 놓아두고 신나게 웃고 떠들고 노래 부르던 시간들. 그러고는 내가 사회를 보기로 한 뒤풀이 장기 자랑 시간이 도래했다. 국문과 희대의 사회자 진열이 형에게 배운 여러 개인기를 나 나름 연습해두었고 그것을 뽐낼 시간이기도 했다. 한두 해 전 새로 나온 이십삼 도짜리 초록색 소주병에 숟가락을 꽂은 채 준비한 어쭙잖은 헛소리들을 요란하게 떠들기 시작한 무렵이었다. 누나에게 전화가 왔다. 한창 무르익기 시작한 분위기를 망치기 싫어 받지 않을까 고민도 했지만, 그날따라 누나의 전화를 안 받으면 안 될 것 같았다. 나는 잠시 소주병 마이크를 진열이 형에게 넘기고 술집 밖으로 나가 전화를 받았다. 누나는 울고 있었다.

엄마가 암이래.

지금 생각하면, 그렇게까지 날벼락 같은 소식은 아니었던 것 같다. 사십여 년을 살아오면서 내 주변만 해도 암을 극복하고 건강하게 살아가는 사람들을 여럿 목격했으니까. (내가 좋아하는 진열이 형도 그중 한 명이다.) 하지만 당시 엄마의 몸 상태, 의료 여건, 무엇보다 누나의 목소리는 엄마의 암 선고가 범상치 않은 것임을 직감하게 만들었다. 나는 곧장 동기 몇과 진열이 형에게 사정을 알리고 청량리역으로 향했다. 다행히 막차를 탈 수 있는 시간이었다. 내 기억이 맞다면 그때 청량리역에서 원주역까지 무궁화호로 한 시간 사십 분 정도 걸렸다. 풍운의 꿈을 안고 학교를 오가던 그

백 분간의 철길은 평소보다 훨씬 어두웠고 평소보다 훨씬 더 길었다. 백 분이 백 번의 계절이 지나가는 시간으로 인식되던 그날의 안동행 무궁화호 열차. 나는 그림자마저도 보이지 않는 차창에 머리를 기댄 채 별의별 생각을 다 했던 것 같다. 오진이겠지. 뭔가 착오가 있겠지. 누나가 오늘을 만우절로 알았나? 만우절로 알았을 거야. 만우절로 알았어야 해. 원주에 도착해 엄마의 입원실에 들어서면 누나가 명랑하게 웃으며 속았지 요놈아, 너 혼자 서울 가서 노는 게 배 아파 장난 좀 쳤다, 할 것 같았다. 아니, 그러길, 그래주길 진심으로 기도했다. 내가 잘못했다고, 내가 잘하겠다고, 착하게 살겠다고, 좋은 일만 하면서 살겠다고 기도하고 또 기도했다.

하지만 신은 내 기도를 들어주지 않았다.

암 선고를 받은 엄마는 정확히 이 주 뒤에 세상을 떠났다.

레
시
피

오늘,
근본을 맛보다

초호화 백합 된장찌개

얼마 전 민정 누나의 아버지가 돌아가셨다. 병석에 오래 누워 계셨으니, 우리 엄마가 돌아가셨을 때와는 조금 느낌이 다른 듯했다. 아니다. 오래 앓다가 떠나셨든 갑자기 떠나셨든, 부모가 세상을 떠나셨는데 다른 분위기랄 게 있을까. 그저 이십여 년이라는 세월의 차이, 가족 구성원의 차이, 조문객들의 차이, 뭐 이런 것에서 어떤 다름을 느꼈던 것이리라. 혼자 일본 여행을 하다 잠시 들어온 아내와 새벽같이 장지에 들렀다가 다시 아내를 공항에 데려다주고 집으로 돌아왔다. 날은 쌀쌀했고 집안은 쓸쓸했다. 우리 집 늙은 강아지 캔디와 복실이에게 밥을 먹인 뒤 혼자만의 몇 끼를 고민하고자 추리닝에 파카 하나 걸치고 근처 마트로 향했다. 장바구니에 버릇처럼 대파와 마늘, 청양고추 정도를 담고는 천천히 마트를 둘러보았다. 그러다 수산코너에서 플라스틱 용기에 포장돼 있는 백합을 발견했다. 제철도 아닌데다 중국산이라 씨알이 자잘했지만, 그것을 장바구니에 담을 수밖에 없었다.

민정 누나가 제철 통통하게 제대로 살이 오른, 귀하디귀하다는 국내산 백합을 잔뜩 보내준 적이 있다. 절대, 아무것도 넣지 말고 물로만 끓여라. 민정 누나만의 특별한 레시피였다. 평소 유튜브나 블로그에서 레시피를 찾아 따라 요리하는 걸 즐기는 나는 누나의 레시피가 약간은 미심쩍었다. 그래서 검색을 해보니, 한국인 입맛의 근본이랄 수 있는 다진 마늘은 기본이고, 멸치액젓이나 어간장으로 간을 하라는 레시피도 많았으며, 하다못해 청양고추와 대파는 꼭 송송 썰어넣으라는 정보가 대다수였다. 물만 넣고 끓이라는 백합탕 레시피는 어디에서도 찾을 수 없었다. 어떻게 끓여야 이 귀한 백합의 절정의 맛을 끌어낼 수 있을까, 고심한 끝에 민정 누나를 믿기로 했다. 내 첫 시집 『죄책감』의 제목을 지어준 그였고, 내 결혼식 날 새벽부터 우리 부부와 미용실까지 동행해 친누나 행세까지 해가며 기이했던 나의 혜

어스타일을 정상인으로 바꿔준 그였다.

　퇴근하자마자 문 앞에 배송돼 있던 새하얀 스티로폼 박스를 조심스레 들고 들어와 덮개를 둘러싼 스카치테이프를 벗겨낸 뒤 두근거리는 마음으로 덮개를 열었다. 투명한 비닐 안에 그보다 더 투명한 바닷물에 잠긴 채 영롱한 자태를 뽐내던 백합들은 이미 깨끗이 닦여 있었고, 해감 역시 완벽하게 돼 있는 상태였다. 민정 누나가 보내준 백합들은 놀랍도록 씨알이 굵었다. 한눈에 보아도 우리 부부가 한 끼로 해결하기엔 너무 많은 양이기도 했다. 그래서 비교적 씨알이 작은 것들을 골라내 위생백에 담아 냉동실에 넣었고, 우리집 가장 큰 냄비를 꺼내 나머지를 담아 자작자작하게 물을 채웠다. 민정 누나를 믿기로 한 나는 정말 아무것도 넣지 않고 그대로 냄비를 레인지 위에 올리고는 불을 켰다. 얼마쯤 시간이 지나자 그토록 투명했던 냄비 물이 뽀얘지기 시작했고, 보글보글 물이 끓자 백합이 하나둘 딱딱 입을 벌리기 시작했다. 중요한 것은 불을 끄는 시점이었다. 덜 익으면 위생상 좋지 않을 수도 있고, 너무 익으면 질겨져 맛이 덜할 거였다. 냄비에 담긴 백합들이 차례로 입을 다 벌린 것을 확

인한 뒤 바로 불을 껐고, 냄비째 식탁 위에 올렸다.

아무것도 넣지 않고 물로만 끓인 백합탕은 거짓말처럼 짙었고 뽀얬다. 한 이삼 일 곰솥에 끓인 곰국 같았다. 첫 숟갈 맛본 국물 역시 진국이었다. 바다 그 자체 본연의 맛이랄까. 다행이었던 건 냉장고 안에 소주 한 병이 남아 있었다는 것. 소주를 꺼내지 않을 수 없는 맛이었다. 말 그대로 놀라운 맛이었다. 더 놀라운 것은 우리가 그것을 먹는 속도였다. 너무 양이 많아 둘이서 다 먹을 수 있을까 싶었는데, 게 눈 감추듯 순식간 먹어치우고야 말았다. 그날 이후로 나는 기회가 닿을 때마다 주변 사람들에게 민정 누나의 이 레시피를 추천하곤 한다. 아무것도 넣지 않는 레시피, 레시피랄 게 없는 레시피, 그래서 너무나 완벽한 레시피.

하지만 오늘 내가 소개할 레시피는 이 백합탕이 아니다. 대신 냉동실에 고이 모셔두었던 그 백합으로 끓인, 초호화 된장찌개 레시피를 소개하고자 한다.

■ **재료 준비** ('숟갈'은 밥숟가락 기준)

① 씨알 굵은 제철 백합 6~7알

② 멸치육수 1.2리터

③ 된장 3숟갈

④ 고추장 1숟갈

⑤ 다진마늘 1숟갈

⑥ 애호박 ½개

⑦ 양파 ½개

⑧ 감자 1개

⑨ 대파 ⅓대

⑩ 청양고추 1~2개 (취향껏)

⑪ 두부 ½~1모 (취향껏)

⑫ 꽃게액젓 2~3숟갈 (멸치액젓 대체 가능)

■ **조리 순서**

⓪ 해감은 기본. 해감이 돼 있는 백합을 만나게 되면 좋겠지만, 그렇지 못한 경우가 많다. 씨알 굵은 제철 백합 6~7알을 스테인리스 볼에 담고 백합이 다 잠길 정도로 물을 채운 뒤 소금 반 숟갈 정도 뿌리고 뚜껑을 덮는다. 스테

인리스 볼이 없다면 다른 그릇을 사용해도 좋다. 다만 백합 위에 스테인리스 숟가락 2개를 올려둔 채로 뚜껑을 덮는다. 뚜껑이 없는 그릇이라면 검은 비닐봉지 안에 그릇을 넣어두어도 좋겠다. 이 상태로 최소 30분 이상 냉장고에 넣어둔다. 해감 시간은 길면 길수록 좋은 것 같다.

① 물 1.2리터를 냄비에 담고 멸치육수를 낸다. 육수용 건멸치도 좋지만, 나는 다시마와 건새우가 함께 들어 있는 멸치육수팩을 애용한다. 육수팩은 끓기 전 찬물에 넣고, 팔팔 끓기 시작하면 중불로 줄여 5분 정도 더 끓인다. 육수도 역시 더 오래 끓일수록 좋긴 좋다. 하지만 오래 끓일수록 물의 양이 준다. 물 양 조절은 대충 잘하면 된다.

② 멸치육수가 완성되면 육수팩(혹은 건멸치)을 건져낸 뒤 된장 3숟갈을 푼다. 이때 된장 거름망을 이용해 천천히 된장을 푸는 게 좋다. 그래야 훨씬 부드러운 맛이 난달까? 된장을 푼 뒤 고추장 1숟갈을 역시 거름망으로 푼다. 된장찌개에 웬 고추장이냐 할지 모르겠지만, 이 고추장 1숟갈이 내 레시피의 핵심 비법이다. 고추장이 된장찌개의 맛을 더 풍부하게 만든다.

③ 강불로 올려 애호박, 양파, 감자 등 야채를 넣는다.

야채는 취향에 맞는 크기로 잘 썰어넣으면 된다. 그렇게 2~3분 팔팔 끓여준 뒤 꽃게액젓을 넣는다. 꽃게액젓 대신 멸치액젓을 넣어도 좋다. 단, 소금이나 국간장이 아닌 액젓으로만 간을 맞춘다.

④ 간이 어느 정도 맞춰졌다면 깔끔하게 해감된 백합을 넣는다.

⑤ 백합이 입을 벌리기 시작할 즈음 깍둑썰기한 두부를 넣고, 대파와 청양고추를 썰어 그 위에 올린다. 그대로 1~2분 정도 더 끓이면 완성이다. 백합이 너무 많이 익으면 질겨지니까 적당하게 끓이는 것도 중요한 포인트다.

⑥ 이제 뜨끈한 흰쌀밥과 함께 식사를 즐긴다.

시

오늘,
봄을 기다리다

입춘

입춘

설 입 봄 춘

봄이 제 몸을 세우는 시간

그때가 봄의 시작이라 했다

나는 봄이

소복이 눈 쌓인 곳에서 시작되는 이유를

도무지 알 수 없었다

보이지 않는 것을 기다리는 시간

만질 수 없는 것이 그저 오기를 바라는 시간

꿈결에서라도 아주 잠깐 스쳐지나가길 소원하는 시간

나는 봄이

왜 소복이 눈 쌓인 곳에서 시작하는지를

이제야 알았다

새하얀 눈덩이 포근히 얼굴 파묻고

그 눈덩이 모두 맑게 녹아 흐를 때까지

엄마를 기다리는 시간

오지 않을 엄마를 기다리는 시간

다시는 돌아오지 않을 시간을 기다리는 시간

에
세
이

오늘,
겨울을 기억하다

되돌아온 겨울

  엄마는 아팠다. 내가 어렸을 때부터 줄곧 아팠다. 겨울만
되면 엄마의 신열은 사십 도를 오갔다. 폐렴 때문이라고 했
다. 초등학교 저학년 때부터 겨울이 되면 엄마는 병원에 입
원하기 바빴다. 아주 어렸을 때 엄마 손을 붙잡고 눈밭을 거
닐었던 장면, 혹은 한밤중 산타클로스로 변장한 채 우리집
에 찾아와 선물을 주기 위해 한사코 엄한 목소리로 나에게
이런저런 잔소리를 늘어놓는 옆집 아주머니 앞에서 잠결에
잔뜩 졸아 있던 나를 보듬어주던 엄마의 모습 정도 말고는,
겨울을 배경으로 한 엄마에 대한 기억이 별로 없는 이유가
반복되는 엄마의 입원에 있었던 것 같다. 그렇다고 섭섭하
진 않다. 누구보다도 병원을 배경으로 한 엄마와의 추억이
많으니까.

1999년 겨울이었다. 오랜 기간 매년 반복되던 엄마의 폐렴이 엄마가 다니던 원주 병원에서는 더이상 손쓸 수 없는 지경에 이르렀다고 판단했던 것 같다. 항상 그랬듯 불덩이 같았던 엄마의 체온은 떨어질 기미가 보이지 않는데 병원에서는 퇴원을 권했다. 아버지가 수소문한 끝에 서울중앙병원(현 아산병원)에 고질적인 폐렴에 관한 명의가 있다는 사실을 알게 되었고, 우리 가족은 그길로 병원을 옮겼다. 갓 대학 합격증을 받은 내가 가족 중 제일 한가했기에 간병인은 나로 정해졌다. 나 역시 마다할 이유가 없었다. 가장 사랑하는 사람으로서 엄마와 함께 있는 시간이 좋았고, 강원도 촌놈으로서 넘실대는 한강을 바라다보는 일이 좋았다. 강 건너편 1998년에 문을 연 테크노마트 건물이 삐까뻔쩍 근엄하게 서 있는 것도 좋았다.

서울에서 만난 담당 의사는 말 그대로 명의였다. 엄마의 병은 폐렴 환자 중에서도 극히 소수에게만 나타나는 희귀한 폐렴이라 했다. 의사는 병을 알았으니 완치할 수 있다는 희망을 우리 가족에게 전해주었고, 2000년 봄 거짓말처럼 엄마가 앓던 폐렴은 완치되었다. 00학번으로 대학에 입학한 나는 엄마의 병을 잊고 정신없이 대학 생활을 즐겼다. 비싼 등록금으로 듣는 강의보다는 강의실 밖에서 만난 수많은 좋은 사람에게 많은 것을 배우기 시작한 때로 나는 그때를 기억한다. 그렇게 봄과 여름, 가을이 지나고 되돌아온 겨울. 완치 판정을 받은 엄마는 이번 겨울부터는 아프면 안 되는 거였다. 하지만 엄마는 다시 아프기 시작했다.

아버지에게 미안하다는 이유로 집에서 엄마는 자신의 통증을 숨기기에 급급했다. 계속 가던 원주의 병원을 찾아가면 의사는 엄마의 폐만 들여다봤다. 폐는 깨끗하다고 했다. 폐환자의 폐가 깨끗하니 독감 정도로 진단하고 감기약만 엄마에게 처방했다. 그렇게 엄마의 암세포는 온몸으로 퍼지고 있었다.

시

오늘,
겨울을 걷다

사분의자리 유성우

사십 년 전 어느 늦은 겨울밤
나는 엄마의 손을 잡고 집으로 돌아오고 있었다
우리 가족이 살던 고장으로 진학한
사촌누나를 만나고 돌아오는 길이었다

밤은 깊었지만 별이 많아
우리가 걷는 길이 어둡지만은 않았다
겨울의 한가운데였지만
어두운 하늘에 촘촘히 박힌 별들이 너무도 많아
우리가 걷는 길이 춥지만은 않았다

사십 년 전 어느 늦은 겨울밤

내가 잡고 있던 엄마의 손은 따뜻했다

젊은 엄마의 손이 어찌나 부드럽고 따뜻한지

겨울이 도통 겨울 같지가 않았다

집까지 절반쯤 걸어왔을까

제자리에 멈춘 엄마는 내 손을 잡은 반대편 손으로

밤하늘을 가리켰다

환하고 곱고 따뜻한 겨울의 밤하늘에서

별똥별이 쉬지 않고 떨어지기 시작했다

엄마와 나는

우리가 저러한 속도로 멀어지고 있다는 사실을 알지 못
한 채

한참 동안 밤하늘을 올려다보고 있었다

에
세
이

오늘,
노래를 만나다

눈 나리던 날

그날은 눈이 오지 않았다.

2000년 2월이었던가, 하루는 입원해 있던 엄마의 컨디션
이 나빠 보이지 않아 엄마에게 근처 서울 구경 좀 하고 오겠
노라 말하고 2호선을 타고 잠실철교를 건넜다. 나의 목적지
는 테크노마트였다. TV에서 보던 것보다 훨씬 더 반짝이는
건물이었고, 훨씬 더 높은 건물이었다. 나는 촌놈 아닌 척
자못 당당한 표정으로 이곳저곳을 두리번거리면서 돌아다
녔다. 그럼에도 내가 코흘리개 촌놈인 걸 다들 눈치챘는지
누구도 나에게 호객 행위를 하지 않았다. 호객을 면한 것을
기념하며, 실은 혈혈단신으로 용기를 내어 서울의 고층 빌
딩에 진입한 것을 자축하며 나를 위한 선물을 샀다. 레코드

가게에서 산 카세트테이프가 그것이었다.

그 카세트는 《사람과 나무 그리고 쉼》이라는 이문세의 신규 앨범이었다. 이문세의 12집 정규 앨범이었는데, 무려 이영훈이, 〈난 아직 모르잖아요〉와 〈소녀〉〈광화문 연가〉와 〈옛사랑〉을 만든 이영훈이, 잠시 이문세와 작별했던 그 이영훈이 참여해 전곡을 작사 작곡한 앨범이라 했다. 나이 차이 많은 사촌누나들에 의해 미취학 아동일 때부터 반강제로 이문세의 팬이 되어버렸던 나에게 이보다 좋은 선물은 없었다. 레코드가게에서 이미 래핑을 벗겨낸 나는 주변을 한참 더 배회하고 다시 강변역에서 2호선을 타고 잠실철교를 건너 엄마의 병실에 들어갈 때까지 그 앨범을 반복 재생하며 들었다. 한 일곱 번 정도는 들었던 것 같다.

병실에 들어서자마자 나는 엄마에게 자랑을 늘어놓았다. 빳빳하고 노란 마그네틱 종이 승차권을 통해 오가는 지하철 개찰구의 첨단 시스템은 물론, 버스와는 달리 손잡이 붙들고 있지 않아도 넘어지지 않는 지하철의 부드러운 안정성 같은 것들, TV가 아니면 볼 수 없었던 테크노마트 고층

빌딩을 직면하고는 한참이고 올려다보았던 벅찬 마음 같은
것들을 달뜬 목소리로 엄마에게 설명했다. 무엇보다도 그
곳에서 이문세의 새 앨범을 어떻게 발견했는지, 이영훈이
다시 참여한 이 앨범이 얼마나 중요한 의미를 갖는지에 대
한 이야기를 한참이나 늘어놓았다. 그리고 돌아오는 길에
몇 번이고 반복해서 들을 수밖에 없을 정도로 좋더라는 이
야기를 전하며 병상에 누워 있는 엄마의 귀에 이어폰을 꽂
았다. 엄마를 위해 내가 선곡한 노래는 〈눈 나리던 날〉이었
다. 노래는 이렇게 시작했다.

　　그대여
　　나의 마음을 그대는 알 수도 없겠지만
　　함박눈 쌓인 이 밤에 하늘을 좀 보아요
　　멀리서 찾아오는 듯
　　그대 흰 조그만 발자욱이
　　흰 눈 쌓인 저 창밖에 이렇게 들려와요

　지금껏 살아오면서 나는 많은 것을 사랑했다. 내가 사랑
했던 사람들, 내가 사랑했던 시간들, 내가 사랑했던 풍경과

그때의 공기 같은 것들. 그중 많은 것이 이미 내 곁을 떠났고 소수의 것들이 드물게 내게 남아 있는 것 같다. 노래도 마찬가지. 지금껏 살아오면서 많은 노래를 사랑했다. 감미로운 노래들, 슬픈 노래들, 나를 나로서 있게 해준 노래들, 내가 시를 쓰도록 부추긴 노래들, 좋든 싫든 결국 나를 시인으로 만들어버린 노래들. 그중 많은 노래가 나를 떠났고 몇 개의 노래만이 내 마음 깊숙이 남아 있는 듯하다. 이문세의 〈눈 나리던 날〉은 거기에 여전히 남아 있는 노래다.

문득 그런 생각이 든다. 그럼 엄마는 어느 쪽에 있는 거지? 엄마는 내 곁을 떠난 것일까, 여전히 내 곁에 남아 있는 것일까. 우리 나이로 올해 마흔다섯인 내가 반평생을 살았다 친다면, 그 반평생이 짧았던 것인지 길었던 것인지 나는 아직 모르겠다. 다만 사십오 년이란 시간이 정말이지 너무 빨리 지나갔다는 느낌이 드는 건 사실이다. 엄마가 세상을 떠나고 몇 년 동안은 그 괴로움이 너무나 버거워 시간이 빨리 지나가버렸으면 하고 바라던 때가 있었다. 시간이 지나면, 나이가 들고 철도 좀 들고 그리하여 어른이라는 단어가 내게 조금은 어울리는 시점이 된다면 이 감정도 무뎌지겠지, 엄마를 잃은 슬픔이 허구한 날 나를 괴롭히지는 않겠지, 엄마가 보고 싶어서 눈물이 나는 일은 없겠지 싶었다. 시간이 너무 빨리 지나갔다고 생각되는 이유는 여기 있었다. 마흔다섯이 되었는데도 엄마가 보고 싶은 마음이 가시질 않는다. 엄마의 표정과 엄마의 목소리가 불현듯 떠올라 아내 몰래 엉엉 우는 날이 여전히 잦다.

아름다운 날
모두가 지나가버린 지금은
하얗게 덮여가는 세상같이
살아 있다 하여도 살아가는 동안에
변하지 않았던 건 나의 마음속 안에
그래요 그대 모습은 어릴 적 나의 소망과 같이
변하지 않은 그대로 흰 눈에 덮여가요

엄마 생각에 또다시 눈시울이 붉어진 오늘 나는 다시 〈눈 나리던 날〉을 듣는다. 엄마는 노래가 마음에 든다고 했다. 언제 들어도, 다시 들어도, 수백 번을 들어도 마음이 따뜻해지는 노래. 엄마의 표정이 좋았던 그날의 강변으로, 그날의 고층 빌딩으로, 맑고 환하게 볕이 들어오던 그날의 병실로, 어리고 깨끗하고 아프지 않았던 그날의 나에게로 나를 데려다주는 노래.

하지만 그날은 눈이 오지 않았다.

짧

은

소

설

오늘,
화초를 사다

뭐가 되고 싶니?

β

셸린의 질문에 제시는 앞으로 무얼 하며 살아야 할지, 어떤 사람이 되어야 할지, 빠르게 머리를 굴렸다.

"무엇이 되고 싶어?"

빠르게 머리를 회전하는 동안 다시 한번 날아든 질문에 어떤 대답을 해야 셸린이 만족할지, 셸린이 원하는 대답은 뭘지, 제시는 아까와는 다른 방향으로 또다시 머리를 굴렸다.

"넌 다른 것이 되고 싶다는 생각을 해본 적 없니?"

제시는 셀린의 마지막 질문에 양쪽으로 빠르게 돌리던 머리 회전을 잠시 멈췄다. 셀린의 질문은 어떤 장래 희망 같은 걸 물어보는 게 아니었다.

α

모든 것이 눈에 덮이고 있던 12월 말의 어느 날이었다. 스무 살이었던 제시는 방학을 맞아 고향에 내려와 있었고, 그런 제시를 만나기 위해 셀린이 그곳으로 오기로 한 날이었다. 그때까지만 해도 이성에게 제대로 된 애정 고백 한번 해본 적 없는 제시는 그날만큼은 어떻게든 셀린에게 제 마음을 전하리라 다짐하고 있었다. 친구들은 아직 말 안 했냐, 이제 고백할 때가 되고도 남았다, 셀린도 네게 마음이 있으니 거기까지 내려가는 거다, 난 이미 너희가 사귀는 줄 알았다는 식의 진단과 지적들로 은근히 제시에게 용기를 북돋아준 터였다.

문제는 말이었다. 어떤 말로 내 마음을 전해야 할지 도무지 알 수가 없었다. 제시는 밤잠을 거의 못 자다시피 하며 무슨 말을 해야 할지, 어떤 목소리로 말을 건네야 할지, 어디를 보고 얘기해야 할지 고민해보아도 도저히 답을 찾을 수 없었다. 아침이 되어서도 마찬가지였다. 가뜩이나 마음은 불안한데 밖에는 하염없이 함박눈이 쏟아지고 있었다. 어느 때 같으면 운치 운운하며 내리는 함박눈에 들뜨기도 했겠지만, 폼 좀 잡아야 하는 날 아버지가 자신에게 자동차 키를 내어줄지, 차를 빌리더라도 면허 딴 지 얼마 되지도 않은 자신이 눈길에 운전이나 할 수 있을지, 제시는 두렵기만 했다.

셀린이 기차역에 도착할 시간이 다가오는 가운데 제시의 불안은 계속해서 다른 불안을 낳고 있었다. 그래서 제시는 생각했다. 평범하게 하자. 남들 하는 대로, TV에서 흔히 봤던 것처럼 그렇게 하자. 그러며 제시는 결심했다. 꽃을 사고 엽서를 써야지. 아버지를 간신히 설득한 끝에 차 키를 얻어낸 제시는 기차역으로 가는 길에 꽃집에 들렀다. 눈을 맞고 있는 꽃집의 유리문은 평소보다 두꺼운 성에로 안쪽을 완벽하게 가리고 있었다. 얼어붙은 꽃집 유리문을 바라보며 제시는 다시 한번 머릿속을 정리했다. 저 문을 열고 안으로 들어서면 꽃집 주인에게 말하리라. 빨간 장미 몇 송이를 달라고, 가진 용돈이 넉넉지 않으니 안개꽃을 푸짐히 섞어 달라고.

두 손을 외투 주머니에 찔러넣은 채 한쪽 어깨로 무거운 유리문을 밀고 꽃집 안으로 들어서자 온실 특유의 습하고 따뜻한 내음이 제시의 두 뺨에 달라붙었다. 제시는 한 손에 김 서린 안경을 벗어들고 다른 한 손으로는 얼얼해진 두 뺨을 번갈아 비비며 꽃집 안을 한눈에 둘러보았다. 그 순간 제시의 주변에 정적 같은 것이 잠깐 머물렀다가 사라졌다. 제시의 예상과는 다른 어떤 낌새 때문이었다. 제시가 상상하고 있던 활기차고 생생한 빨간 장미는 그의 눈에 들어오지 않았다. 물론 안경에 가득 낀 성에 덕분에 잠시 시력을 잃었기 때문이었겠지만, 제시의 눈엔 그곳의 꽃들은 온통 희미하게 힘을 잃은 채 각자의 색을 전혀 발산하지 못하고 있었다. 그때 문득 이런 문장이 제시의 뇌리를 스치고 지나갔다. 아, 뿌리 잘린 것들!

안경을 닦아 다시 고쳐 써봐도 느낌은 달라지지 않았다.

꽃을 꼭 사야 할까 고민하는 사이, 꽃집 구석에 웅크리고 있던 조그만 화초가 제시의 눈에 들어왔다. 평범한 화분에 담긴 평범한 화초였다. 이거다 싶었다. 제시는 장미 대신 그 작은 화초를 샀다. 그리고 함께 계산한 엽서에 몇 글자를 적었다. 엽서의 내용은 대략 이랬다. 이런 날에는 꽃이 어울릴 것 같지만 난 너에게 화초를 주고 싶다. 꽃만큼 화려하진 않지만 보살피면 오래가는 화초 같은 사이가 되고 싶다.

𝄞

우리는 행복하지 않다. 끊임없이 행복을 갈구하고 있다는 것이 그 증거다. 우리가 행복을 찾지 못하는 이유는 행복의 기준이 우리 안에 있지 않기 때문이다. 내가 아닌 타인들 속에, 우리 스스로가 아닌 사회가 구축해놓은 틀 속에 행복의 기준을 마련해놓았기 때문이다. 그럼, 세상의 기준에서 벗어난다면 우리는 행복할 수 있을까? 그건 모르겠다.

상당히 오랜 세월이 흘렀지만, 제시는 셀린과 헤어진 뒤에도 새로운 해를 맞이할 때마다 습관처럼 아무렇지 않게 어떤 사람이 되어야 할까 고민하는 자신을 발견하곤 한다. 나 스스로가 아닌 사회가 만들어놓은 '매트릭스'에서 한 발짝도 벗어나지 못한 자신을 발견하곤 하는 것이다. 그러면 제시는 또한 그때마다 셀린이 자신에게 던져놓고 간 질문을 되뇌곤 한다. 나는 무엇이 되고 싶을까? 난 인간이 아닌 다른 무엇이 되고 싶은 것일까?

나를 다른 것에서 찾는 용기, 우리의 본질을 우리가 아닌 것에 두는 용기. 우리에겐 다른 용기가 필요하다. 그것이 바람에 흔들리다 결국엔 꺼져버릴 촛불이어도 좋겠고, 하얗게 부서졌다가는 부지불식간 사라져버릴 한 번의 파도여도 좋겠고, 봄을 기다리며 몸을 떨고 있는 빈 가지여도 좋겠다. 내가 아닌 것에서 나를 꿰뚫어보는 힘, 우리에겐 은유의 힘이 필요하다.

제시는 이번에도 새해를 맞이해 올 한 해 동안 자신이 되고 싶은 다른 명사 하나를 선정했다. 어떤 수치화된 가치나 그럴싸한 청사진 같은 것 말고, 딱 한 명사. 올해 제시는 볕이 되기로 결심했다. 창틀 사이로 비집고 들어가 옅은 먼지를 일으키며 너와 나를 깨우는 아침의 볕, 셀린의 작은 방 탁자 위에 놓인 화초를 비추는 볕, 밤사이 엄마의 무덤에 쌓인 눈을 녹이는 볕 같은 것이 되고 싶다고.

β

셀린과 제시는 이별을 앞두고 있었다. 그날도 밖은 온통 눈밭이었다. 셀린과 마주앉은 제시는 처음 고백하던 날처럼 셀린의 눈을 똑바로 쳐다보지 못했다. 셀린이 다시 물었다.

"넌 다른 것이 되고 싶다는 생각을 해본 적 없어?"

셀린의 질문은 제시를 추궁하려는 것도, 제시를 타이르려는 것도, 제시를 무시하려는 것도 아녔다. 헤어지는 마당에 셀린이 제시의 보잘것없는 미래에 새삼 관심을 둘 이유도 없었다. 셀린의 질문에 제시는 그의 마음을 되돌릴 여러 방안에 대한 고민을 잠시 접어두고 생각했다. 나는 무엇이 되고 싶은 것인가. 무엇이 되고 싶긴 한 것인가. 인간이 아닌 다른 무엇이 될 생각을 해보긴 했는가. 제시는 그런 적이 없었다. 아무리 생각해보아도 제시는 사람들이 말하는, 세상이 요구하는 인간 이외의 것이 되려고 해본 적이 없었다.

제시는 길들여져 있었다.

에
세
이

오늘,
부둥켜안다

맹형

글을 쓰려고 제목부터 적어놓고 사전을 찾아보았더니 '맹형'이라는 말이 사전에 등재돼 있었다. 친구를 높여 이르는 말, 이것이 맹형의 뜻이었다. 사전적 정의가 어쩜 이리도 찰떡궁합이지? 맹형은 나에게 그런 사람이었다. 우리의 가장 뜨거웠던 젊은 날을 함께한 친구이자 선배. 그와 가까운 후배라면 모두가 그를 이렇게 불렀다. 맹형!

맹형을 처음 만난 건 대학교 이학년 일학기 개강 초 시 창작 동아리 뒤풀이 자리였다. 갓 제대한 맹형은 머리가 짧았고 팔뚝이 굵었다. 백석 시 「고향」에 나오는 여래 같은 상을 하고 있었는데, 눈이 부리부리하고 이목구비가 뚜렷해 매우 강팍한 사람처럼 보였다. 술자리가 무르익어갈 즈음 먼

발치에 앉아 있던 맹형이 내 앞자리로 와 앉았다. 맹형과 나 뿐 아니라 모두가 얼큰히 취해 있는 시간이었다. 맹형이 대 뜸 나에게 말을 걸었다.

"요즘 슬프다며. 네가 너무 슬퍼서 너 혼자 다 슬픈 것처 럼 행색을 하고 다닌다며. 네가 그렇게 슬프냐? 세상에서 네가 젤 슬퍼?"

나는 거두절미하고 대답했다.

"제가 세상에서 젤 슬픈데요? 그럼 저 말고 누가 더 슬픈 가요?"

서로 통성명도 안 한 채였다.

"내가 너보다 더 슬픈 것 같은데?"

"부모가 죽기라도 하셨나봐요?"

"아니, 두 분 다 건강하신데?"

"두 분 다 건강하신데 왜 저한테 이따위 말을 하시는 거 죠?"

첫인상부터 좋지 않았던 맹형이 싫었다. 이해심 없고 사 회성도 없고 저밖에 모르는, 선배랍시고 처음 보는 후배를 말도 안 되는 자기합리화로 가르치려고만 드는, 전형적으로 재수 없는 선배 같았다. 하늘새재라는 국문과 시 창작 동아리 소속이었던 맹형과 나는 그뒤로 한동안 술자리에서 마주치기만 하면 서로에게 시비 걸고 토론했다. 겉보기에는 깊이랄 게 없는 이상한 대화였다. 맹형의 요지는 이거였다. 사람은 누구나 다 삶의 배경이 다르기 때문에 각자가 느끼는 감정이 다른 것이고, 또한 누구나 자신의 삶 말고는 살아볼 수 없기 때문에 자신이 느끼는 슬픔, 그 슬픔이 각자에게는 가장 큰 것이라는 것. 그럴싸했지만 나는 지고 싶지 않았다. 나의 항변은 이랬다. 형 말대로라면 내가 가장 슬픈 게 맞는 거 아니냐고, 나는 내 삶밖에 모르는데 지금 나에게 내가 가장 슬픈 게 말 그대로 정답 아니냐고. 서로의 어쭙잖은 주장은 쳇바퀴 돌 듯 결국 제자리에서 맴돌 수밖에 없었고, 그렇기에 우리는 더 자주 만나 술을 마셔야 했다. 어리석고 나약하고 물렁한 이십대 초중반 우리의 취중 대화는 일남이 형이나 호정이 형 같은 하늘새재 동료들의 시를 질투하는 장이 되어버리기도 했다가, 한때 뜨겁게 사랑했지만 보기 좋게 차여버린 서로의 첫사랑을 떠올리며 진정한 사랑이란 건 존재할 수 없다는 결론으로 이어지기도 했으며, 『입 속의 검은 잎』이나 『거꾸로 선 꿈을 위하여』 『매음녀가 있는 밤의 시장』이나 『아름다운 사람 하나』 같은 죽은 시인의 시집에 관한 이야기로 번지기도 했다.

그렇게 어영부영 일 년의 시간이 지나고 나는 군대를 가게 되었다. 내 입대를 기념하여 맹형은 학교 앞에서 구천구백 원짜리 광어회를 사주며 내내 나를 놀리기도 했고, 백일 휴가 때 마지막날 장난삼아 원주로 내려오라고 연락했더니 맹형이 진짜 막차를 타고 원주로 내려오는 바람에 땡전 한 푼 없던 우리는 아버지 혼자 살던 쓸쓸한 우리집에 들어가 냉장고에 있던 콩자반과 김치를 안주 삼아 소주를 마시기도 했다. 생각해보니 그 휴가 복귀 날 원주에 몇십 년 만에 홍수가 져 기차가 끊겼고, 이등병 주제에 휴가 복귀가 늦어져 매우 당황한 나를 달래주지는 못할망정 함께 당황해하던 맹형의 모습이 기억나기도 한다. 군인 시절 애인이 없었던 나를 위해 맹형이 면회를 와준 적도 있는데, 그다지 반갑지는 않았다. 시간이 흘러 나 역시 제대를 하게 되었고, 복학을 했더니 맹형은 여전히 학교에 있었다. 시를 공부하겠다고 대학원에 진학한 것이었다. 자연스럽게 우리의 술 마시는 날들이 연장되었고, 우리는 계속 시를 생각하며 신세를 한탄하며 사랑에 실패하며 술을 마셨다.

또 그렇게 몇 년이 흘렀고, 맹형의 아버지가 돌아가셨다. 나는 맹형 아버지의 장례식장에서 맹형에게 꼭 전하고 싶은 말이 있었다. 고인께 예를 갖춘 뒤 맹형과 잠시 나와 담배를 피웠다. 맹형은 많이 지쳐 보였고 많이 슬퍼 보였다. 그런 맹형에게 한마디를 건넸다.

"슬프냐? 형이 이 세상에서 젤 슬퍼?"
맹형과 나는 한참을 웃다가 함께 오열했다.

아버지가 돌아가신 뒤 맹형은 더이상 시를 쓰지 않는 느낌이었다. 서로 하는 일이 달라 자주 볼 수 없었고 그렇게 한동안 연락을 끊고 살았다. 그리고 몇 해가 흘렀을까. 작년 1월 초 맹형에게서 연락이 왔다. 신춘문예 당선 소식이었다. 실로 오랜만에 듣는 너무나 반가운 소식이었다. 맹형에게 제대로 표현하지는 못했지만 정말 내 일처럼 기뻤다. 그렇게 우리는 사십대 중후반이 되어 다시 만나 술을 마시기 시작했다. 시인 맹재범. 이게 맹형의 이름이다.

궤
변

오늘,
지금을 생각하다

현재

우리는 현재를 살아간다고 생각한다.

우리는 현재를 떠나서는 살아갈 수 없다고 생각한다.

당신은 지금 가족 혹은 연인과 함께 먹을 반찬을 만들며 현재를 요리하고 있다고 생각한다.

당신은 지금 오랜 친구를 만나 술잔을 기울이며 현재를 마시고 있다고 생각한다.

과연 그럴까?

당신이 쌀을 씻는 순간, 쌀뜨물을 수챗구멍으로 흘려보내는 순간, 솥을 앉히고 전기밥솥의 버튼을 누르는 순간 현재는 과거가 되어버린다.

당신이 친구와 실없는 농담을 주고받으며 웃고 있는 순간, 당신의 웃음소리가 입 밖으로 빠져나오는 순간, 그 웃음

소리가 친구의 귓바퀴로 흘러들어가 친구의 달팽이관을 흔드는 순간 현재는 즉각적으로 과거로 변질된다.

내가 이 문장을 타이핑하고 있는 순간도, 인쇄된 이 문장을 당신이 읽는 지금 이 순간도 현재는 어김없이 과거가 되고 있다.

그런데도 당신은 현재를 살아가고 있는가?

끝 모를 분량으로 줄지어 늘어선 미래가 끊임없이 우리에게 다다를 때마다 그것은 쉬지 않고 과거가 되고 있는데도, 우리가 진짜 현재를 살아내고 있단 말인가?

현재는 과거와 미래라는 시간의 흐름 사이에 끼어 있는 하나의 관념일 뿐이다.

현재는 존재하지 못한다.

현재는 불가능하다.

미래가 과거와 만나는 찰나의 지점이 현재일 뿐이다.

현재를 인식하는 순간 현재는 과거가 된다.

우리가 인식할 수 없을 만큼 짧은 순간에 현재는 사라진다.

현재를 인정하는 순간 현재는 없어진다.

그러므로 현재를 부정하자.

현재를 부정하면 현재에 대한 다른 인식이 생길지 모른다.

현재를 부정하면 우리가 아는 그 현재 말고 다른 현재가 도래할지 모른다.

오늘,
끼니를 때우다

초간단 떡만둣국

이번 겨울이 시작할 무렵, 그러니까 이번 겨울의 첫눈이
내리던 날 직장 동료인 K와 점심으로 만두전골을 먹은 적
이 있다. 정말이지 시의적절하게 만두전골이 어울리는 날
이었다. 아니, 만두전골을 먹어야만 하는 날씨였다. 그리고
소주 한잔을 꼭 곁들여야만 하는 날이었다. (K는 술이 매우
세다.) 그날따라 완벽했던 만두전골을 먹으며 회사 일이나
사는 일 혹은 먼 미래의 일 같은 것에 대해 대화를 나누다보
니 어느새 이야깃거리가 동나고 말았고, 나는 화제를 만두
로 돌렸다.

"저는 퇴근하고 집에 아무도 없을 때 떡만둣국을 끓여 먹
어요. 아주 간단하게 만들 수 있는 떡만둣국인데, 겁나 맛있

어요."

마음씨 좋은 K는 만드는 방법에 대해 질문했고, 나는 '흑백요리사' 출신 셰프라도 되는 양 떡만둣국 조리 방법을 K에게 설명했다. 그때 마음씨 좋은 K(의 속마음은 모르겠지만)가 귀기울여 들어준 초간단 떡만둣국 레시피를 소개하고자 한다.

■ **재료 준비** (넉넉한 1인분 / '숟갈'은 밥숟가락 기준)

① 만두 6~7알

② 떡국떡 1~2주먹

③ 멸치육수 600ml

④ 대파 ½대

⑤ 날달걀 1개

⑥ 참치액젓 2~3숟갈 (멸치액젓 대체 가능)

⑦ 국간장 1숟갈

⑧ 후춧가루 약간

■ 조리 순서

① 멸치육수를 준비한다. 멸치육수를 내는 방법은 앞서
「초호화 백합 된장찌개」 때와 동일하다. 물의 양은 1리터
정도를 기본으로 삼아 취향껏 플러스마이너스 하면 된다.
집 냉장고 한구석에 곰탕이나 도가니탕 같은 것들이 놀고
있다면, 멸치육수 대신 그것을 사용해도 좋다. 다만 멸치
육수 베이스와 곰탕 베이스의 떡만둣국은 그 개념과 접근
방식부터가 다르다. 멸치육수와 곰탕을 모두 쉽게 구비할
수 있다면, 그날의 날씨에 따라 국물 베이스를 선택하면
된다. 멸치육수 베이스는 깔끔하고 시원한 맛, 곰탕 베이
스는 묵직하고 진한 맛. 단, 곰탕 베이스로 간다면 간 맞춤
은 국간장이 아닌 소금으로 하고, 날달걀은 생략한다.

② 멸치육수가 다 우려지면 팔팔 끓는 육수에 떡국떡을
넣는다. 떡국떡은 보통 냉동고에 처박혀 있을 가능성이 높
다. 언 떡국떡을 끓는 육수에 바로 넣으면 떡이 갈라져 맛
이 덜할 수 있다. 온전한 떡국떡을 원한다면 육수에 넣기
전 10분 이상 찬물에 담가두는 것이 좋다. 나는 시간 절약
을 위해 육수를 내는 동안 떡국떡을 찬물에 담가둔다.

③ 떡국떡을 1분 정도 끓인 뒤 만두를 넣는다. 만두 역

시 일반적으로 냉동고에 처박혀 얼어 있을 가능성이 높은데, 요리 한두 시간 전에 냉동 만두를 상온에 꺼내놓는 것도 좋은 방법. 만두를 미리 상온에서 해동하는 이유는 언 만두를 바로 끓는 물에 넣었을 때 얇은 만두피가 쉽게 터지기 때문인데, 요즘 인스턴트 만두들은 이러한 단점이 많이 보완돼 있다. 언 만두를 바로 넣어도 잘 터지지 않는다. 귀찮으면 과감히 상온 해동을 생략한다. 해동된 만두는 5~6분, 언 만두는 7~8분 더 끓인다.

④ 만두가 잘 익으면 레인지의 불을 끈다. 끄자마자 밥그릇에 미리 풀어둔 날달걀을 천천히 원을 그리듯 떡만둣국에 투하한다. 절대! 날달걀을 넣은 뒤 휘젓지 않는다. 휘저으면 달걀이 뭉치거나 보기 안 좋게 흩어져 부드러운 맛을 떨어뜨린다. 휘젓지 않은 채로 그대로 1분 정도 방치한다.

⑤ 거의 다 완성된 떡만둣국을 그릇에 옮겨담는다. 아직 완성이 아니다. 이 레시피의 완성은 대파에 있다. 개성적인 두께로 송송 썬 대파를 따끈한 김이 피어오르는 떡만둣국 위에 올린다. 익히지 않은 생대파 그대로여야 한다. 대파가 신선할수록 떡만둣국의 완성도는 높아진다.

⑥ 이제 식탁으로 가져가 한 숟갈 국물 맛을 본 뒤, 알맞은 양의 후춧가루를 뿌린다. 이렇게 일용할 양식 앞에서 자신의 숨은 요리 실력에 흠칫 놀라며 식사를 시작하는 것이다.

에
세
이

오늘,
질문에 답하다

베텔게우스

하루는 유튜브를 보다가 오리온자리에서 가장 밝은 별인 베텔게우스에 대한 아름다운 정보를 알게 되었다. 천문학자들이 최근의 기술로 면밀히 베텔게우스를 관측한 결과, 육백사십 광년이나 떨어진 그곳에 우리 인간의 신체를 구성하는 여러 원소가 존재한다는 거였다. 인이나 칼륨, 산소 같은 것이 베텔게우스 내부에서 만들어졌다고 관측됐는데, 그것들이 바로 우리 인간의 몸을 구성하는 원소들이라는 것이다. 지금 내 몸 안에는 베텔게우스의 원소들이 들어 있다. 나는 수백 광년 떨어진 별에서 나온 원소로 이루어져 있다.

내가 몸담고 있는 회사 홍보팀에서 새로운 유튜브 콘텐츠를 시작한다며 회사 사람 몇을 불러모은 적이 있다. 특정 주제를 중심으로 인터뷰를 진행하는 콘텐츠였는데, 해당 주제는 카메라가 돌기 시작할 때까지 철저하게 비밀에 부치는 것이 콘텐츠의 핵심이었다. 아무런 준비 없이, 아무런 생각 없이 인터뷰 자리에 와서 허심탄회하게 제 생각을 떠드는 게 요지였다. 나는 바쁘다는 핑계로 출연을 마다했지만, 담당자들이 진지한 회의를 거쳐 엄선한 사람 중 하나가 바로 나라는 이유로 몇 번이고 찾아와 정성껏 설득했기에 나는 못 이긴 척 인터뷰에 응했다.

약속한 인터뷰 시간이 되어 담당자들은 빈 회의실로 나를 불렀다. 회의실로 들어가보니 카메라 몇 대가 깔끔하게 세팅돼 있었다. 그 카메라들을 보자 후회가 몰려왔다. 지금이라도 도망갈까 싶다가 두 눈 부릅뜨고 내 앞에 선 나이 차 적잖은 직장 동료들에게 부끄러워 체념한 채로 마이크를 옷깃에 달았다. 정해진 자리에 앉자마자 인터뷰가 시작되었다. 인터뷰의 주제는 '엄마'였다. 말 그대로 전혀 예상하지 못한 주제였다. 엄마라는 주제로 한 인터뷰에 왜 나 같은 중년 아저씨를 불러냈을까. 나에게 엄마가 없다는 사실을 알 길 없는 담당자에게 핀잔을 줄 수도 없는 노릇이었다.

그들이 준비한 질문의 흐름은 대략 이랬다. 엄마와의 추억에 대해 도란도란 진솔한 이야기를 나누며 세월의 흐름에 따라 연약해진 엄마에 대해 슬퍼하다가 마지막엔 엄마에게 직접 전화를 걸어 고마운 마음을 전하는 내용. 그렇게 마침내 모두 훈훈한 눈물을 흘리며 가족 간의 아름다운 순정을 확인하는, 어떻게 보면 전형적으로 신파적인 흐름의 인터뷰였다.

느닷없이 첫번째 질문이 들어왔다. 엄마와 마지막으로 통화할 수 있는 기회가 주어진다면 어떤 말을 하고 싶냐는 거였다. 나는 나도 모르게 움찔하며 대답을 망설였다. 조금 시간을 가진 뒤 나는 대답했다. 정말 죄송한데, 일부러 그런 건 아니겠지만, 사람을 잘못 섭외한 것 같다고. 그러면서 내가 어렸을 적 엄마를 여읜 사실을 그들에게 알렸다. 미소를 머금고 있던 담당자들의 얼굴이 일순간 굳어졌다. 그러고는 진심으로 나에게 미안해하는 것이었다. 엄마가 없는 사람 앞에서 절대 꺼내서는 안 될 말을 꺼낸 사람처럼 스스로를 책망했다. 그런 모습에 나는 더욱 미안해졌고, 그래서 괜찮다고, 엄마가 없는 사람으로서 엄마에 대한 이야기를 해보겠노라고 그들을 달랜 뒤 다시 인터뷰를 진행했다. 그들이 준비한 대로 인터뷰가 흘러가진 않았지만, 그들이 원했던 것보다 훨씬 더 많은 눈물을 흘렸다. 놀라웠던 건, 인터뷰 내내 나보다 그들이 훨씬 더 많은 눈물을 흘렸다는 사실.

마지막으로 엄마에게 하고 싶은 말을 해줄 수 있겠느냐는 질문에 나는 이렇게 대답했다. 나는 최근에 틈이 날 때마다 우주에 관한 유튜브 영상을 찾아본다고. 우주의 시간 안에서 인간의 삶이라는 게 정말이지 무의미할 만큼 짧은 것이더라고, 우주에 관한 영상을 보고 우주에 관한 이야기를 듣고 있으면 결국 우리가 태어난 우주로 돌아가는 게 죽음이라는 생각이 들더라고, 그래서 죽음이라는 게 되게 슬픈 무엇은 아니며 심지어 최근엔 죽음이 그리 두려운 것이 아니라는 생각을 하게 됐다고, 별과 은하와 우주의 나이를 생각하면 엄마나 나나 너무도 짧은 한순간을 같이한 동년배 친구에 지나지 않더라고, 그래서 말하자면 엄마를 다시 만나는 날이 그렇게 멀지 않았다는 생각으로 즐겁게 살면 되겠다 생각했다고, 이게 엄마에게 하고 싶은 말이라고.

에
세
이

오늘,
부럼을 깨물다

정월대보름

아내가 여행을 간 틈을 타 식탁에 홀로 앉아 술을 마신다. 아내가 집에 있어도 매번 혼자 마시는 술. 아내가 없는 그 '틈'이란 것에 또 맛이 다르다. 사뭇 틈을 생각하게 하는 술이고 술을 생각하게 하는 틈이다. 나는 아무런 커피잔에 아무렇게나 소주를 따르며 생각한다. 내가 지금 술을 마시게끔 하는 힘은 아내와 떨어져 있는 공간의 틈에서 나온 것일까, 아내가 집에 없는 시간의 틈에서 나온 것일까. 홀로 앉아 홀짝홀짝 한두 잔을 마시다보니 어느덧 그 틈은 처음과 끝이라는 시공간의 틈으로 벌어지는 것이다.

내가 처음 마신 술은 무엇이었을까. 그것은 원주시 우산동 우산아파트 10동 402호에서, 그러니까 내가 초등학교에

도 진학하기 전에 엄마에게 한 모금 얻어마셨던 귀밝이술
이었다. 맥주나 소주 같은 건 아니었고, 엄마가 담근 매실주
나 앵두주 같은 거였다. 술에 대한 내 처음의 맛은 숨이 컥
막힐 정도로 지독하고 맵싸한 거였다. 그 처음의 술을 맛본
뒤 어린 나는 다짐했었다. 이토록 더럽게 맛없는 것을 다시
는 입에 대지 않겠다고. 내 생애 손가락에 꼽히는 공허한 다
짐이었다고, 소주를 한두 잔 더 따라 마시며 나는 생각했다.

교회를 다니던 엄마는 정월대보름이면 팥죽을 쑤어주거
나 귀밝이술에 부럼을 깨물게 했다. 교회 집사님도 어쩔 수
없었던 모양이다. 엄마도 옛날 사람이었으니까. 그런 엄마
를 생각하며 시를 쓴 적이 있다. 그 시에도 틈이 존재했다.
쓰는 사람과 읽는 사람의 틈이랄까. 나는 다분히 엄마를 생
각하며 쓴 시였는데, 많은 분이 이 시에서 여행을 떠났다가
영영 돌아오지 못한 안산의 아이들을 떠올려주셨다. 고마
운 일이다. 시를 바라보는 서로 간의 틈은 멀어질수록 아름
다운 것이리라.

해가 지는 곳에서

해가 지고 있었다

나무가 움직이는 곳에서
바람이 불어오고 있었다

엄마가 담근 김치의 맛이 기억나지 않는 것에 대해
형이 슬퍼한 밤이었다

김치는 써는 소리마저 모두 다를 수밖에 없다고
형이 말했지만
나는 도무지 그것들을 구별할 수 없는 밤이었다

창문이 있는 곳에서
어둠이 새어나오고 있었다

달이 떠 있어야 할 곳엔
이미 구름이 한창이었다

모두가 돌아오는 곳에서

모두가 돌아오진 않았다

　　　　　　　　　　　　　—「처음의 맛」* 전문

　엄마와 영영 이별한 뒤로 지금껏 한 번도 귀밝이술과 부럼을 챙기지 않았다. 이번 정월대보름, 그러니까 오늘은 기필코 아내를 식탁에 앉혀두고 군밤과 볶은 호두를 안주 삼아 귀밝이술을 마시기로 한다.

---

* 졸시집 『우리는 살지도 않고 죽지도 않는다』, 창비, 2018.

동
시

오늘,
바라다

굄

누군가의 굄이 되고 싶다고 생각한 밤이었어요

국어사전 뒤지다 발견한 말이었죠

유난히 귀엽게 여겨 사랑한다는 뜻

굄

내가 누군가의 굄이 될 수 있다면

굄으로 살아갈 수 있다면

얼마나 좋을까

이미 늦은 뒤였죠

엄마를 무덤에 묻고 온 뒤였어요

누군가의 굄이 되고 싶다고 생각한 그날 말예요

내가 굄이 될 수 있는 사람은

엄마뿐이었어요

하지만 괜찮아요
죽은 엄마가 나의 굽이 되었으니까
기울어져 흔들리지 않도록
내 한쪽 발아래를 받치는
엄마는 나의 굽이 되었으니까

에
세
이

오늘,
엄마가 세상을 떠나다

밸런타인데이

오늘에 대해 너무 많은 말들을 적었다가 모두 지웠다.

이십사 년 전 오늘을 기억하는 일은 그 세월의 숫자만큼 무언가를 계속 덧대는 일이라는 것을 오늘의 이야기를 모두 지우면서 깨달았다.

오늘을 기억하는 일에는 아픔만 남아 있었다.

그렇게 아픈 엄마를 아프게만 기억하는 일을 반복하고 있었다.

엄마가 어떻게 아팠고 엄마가 어떻게 앓다가 이십사 년 전 오늘 세상을 떠났는지가 전혀 중요하지 않은 것임을 오늘에야 알았다.

엄마의 아팠던 날보다 아프지 않았던 날들을 떠올리며

그런 엄마가 짧은 세월 내 곁에 있었고

엄마가 살았던 날들의 절반도 되지 않은 시간을 엄마 곁
에 있으면서

조금이나마 내가 엄마에게 소중한 존재였다는 사실을

아주 천천히 알아간 이십사 년의 시간.

이십사 년 전 오늘

혼수상태였던 엄마가 떠나기 직전 혼신의 힘으로 나에게
남긴 마지막 한마디는

좋은 시인이 돼라, 였다.

어쩌다보니 시인이 되긴 했지만

좋은 시인이 되기는 글러먹었다.

하필 왜 그때 시를 좋아해서

왜 하필 그때 시를 쓴다고 해서

엄마에게 저런 소릴 마지막으로 듣게 되었는지

후회막심이다.

그래도 엄마의 저 한마디 때문에

지금 내 주변의 귀한 사람들을 만났겠지.

엄마의 저 한마디 때문에

아내를 만나고 캔디를 만나고 복실이를 만났겠지.

엄마의 저 한마디 때문에
내가 지금의 나로 살아가고 있겠지.
도무지 이월되지 않는 2월이다.

결혼한 지 십 년도 넘은 나는
연애 시절 포함 십여 년의 세월 동안
2월 14일이 되면 한 번도 빠짐없이
아내에게 초콜릿을 사달라고 졸랐다.
그러면 아내는 역시 단 한 번도 빠짐없이
초콜릿을 사주지 않았다.
어디 경망스럽게 어머니 기일 날 초콜릿이나 얻어먹을
생각을 하느냐는 꾸지람과 함께.
그럼에도 나는 오늘 아내에게 초콜릿을 사달라고 조를
예정이다.
아내도 기다리고 있을지 모를 일이다.

오늘은 엄마의 이십사 주기 기일이다.
엄마와 함께한 시간보다
엄마와 함께하지 못한 시간이 더 길어진 지도

몇 해가 지났다.

일
기

오늘,
눈이 내리다

폭설

0

새벽부터 내린 눈이 온 세상을 덮었다. "자정 넘으면/낮

설움도 뼈아픔도 다 설원"이라던 곽재구 시인의 「사평역에

서」한 구절이 온전하게 내 몸안으로 들어오는 그런 풍경이

었다. 지난해 봄이었던가, 함께 하루 한 권 시집 읽기를 약

속했던 경준이가 가장 좋아한다는 시였다.

1

눈을 떠보니 누군가의 무릎을 베고 자고 있었다. 그 누군

가는 어찌할 도리 없이 그 자리에 그렇게 밤새 앉아 있었을

것이다. 어찌할 도리가 없다는 것. 자신의 의지와는 관계

없이 상대를 이해한다는 것. 상대를 이해할 수밖에 없다는 것. 이토록 일방적인 밤샘이 나에게, 내가 있는 자리에, 내 가까이에 있었다는 사실이 놀라울 따름이었다.

2

내가 만나본 바로는 아버지 항렬 위로 집안 어른은 한 분의 작은할아버지와 두 분의 작은할머니, 두 분의 고모할머니가 전부였다. 나는 내 할아버지를 본 적 없지만, 어릴 때부터 집안 대소사에서 할아버지를 대신하는 작은할아버지를 종종 보았다. 여느 친구들의 친할아버지처럼 나에게 그리 살갑지는 않았지만, 전라도 사람 특유의 말씨와 유머 감각, 쌍꺼풀 짙고 웃음기 어린 호감형 얼굴, 그리고 무엇보다 다른 할아버지들만큼 늙어 보이지 않는 모습 때문에 나는 어쩌다 한 번씩 만나는 작은할아버지에게 생각보다 거리감을 느끼지 않았다. 아무리 봐도 작은할아버지는 아버지나 고모, 나나 누나와는 영 딴판으로 생겼다고 생각해왔는데, 나중에 알게 된 사실이지만, 작은할아버지의 어머니는 내 할아버지의 어머니와는 다른 사람이라고 했다.

그런 작은할아버지가 지난밤 엄마의 장례식장에 찾아와 나에게 술을 먹였다. 맥주 글라스에 소주를 가득 채워 연거푸 세 잔을 들이켜게 했다. 이런 날엔 장남인 네가 생각이 많으면 안 된다, 이거 마시고 한숨 푹 자거라, 하는 말씀과 함께 작은할아버지가 내 앞에 놓인 잔을 채웠다. 새벽 두세 시쯤이 아니었나 싶다. 이렇게 과음을 권하는 건 코흘리개 대학 선배들이나 하는 짓이 아닌가 싶기도 했지만, 집안 어른이, 그것도 마음은 가까운 작은할아버지가 권하는 술잔이라 나는 군말 않고 그 소주를 모두 받아마셨다. 그러곤 얼마 지나지 않아 그 자리에 쓰러져 잠이 들었다.

3

엄마는 팔 남매였다. 외삼촌이 셋이었고, 이모가 넷이었다. 외삼촌은 모두 엄마보다 손위였고, 이모들 중 엄마의 동생은 둘이었다. 그중 첫째 외삼촌과 셋째 외삼촌은 엄마보다 일찍 세상을 떠났다. 둘째 외삼촌은 시인이었고, 내가 시를 쓰고 싶어한다는 걸 기특히 여겼다. 어쨌건 살아 있는 엄마의 형제자매들이 한자리에 모였다. 엄마가 죽었기 때문이었다. 이렇게 엄마의 형제들이 한자리에 모여 있는 광경은 내가 아주 어릴 적 어렴풋한 기억 속에 자리하고 있는 외할머니가 돌아가신 날 이후 처음인 것 같기도 했다. 외갓집은 강릉이었고, 외할머니의 장지는 온통 감나무밭이었다. 그날 중 고스란히 내 기억에 남아 있는 건 셋째 외삼촌이 따준 홍시의 달콤했던 맛뿐이었다. 여하튼 엄마가 죽어서 엄마의 형제들이 한자리에 모인 것이 반가웠다. 하지만 이내 내 망령된 생각을 반성했다. 엄마가 죽었는데 반갑다니.

4

어젯밤 영미 이모는 날 시내로 데려가 양복을 사 입혔다. 교복 말고는 제대로 된 정장 한 벌 입어본 적 없는 나는 양복이 생겨서 좋았다. 하지만 이내 그런 나 자신의 경박하고 그릇된 마음을 반성해야만 했다. 교복을 처음 맞추는 마음으로 내가 조금 더 성장할 것을 예상하며 한 치수 큰 양복을 사야 하나 고민이 되기도 했지만, 역시나 요망스러운 마음이었다. 엄마가 죽었는데 양복 사이즈가 문제란 말인가. 지금도 가끔 하는 생각이지만, 그때 처음으로 이런 생각을 했다. 이 새긴 몸만 어른이지, 진짜 애새끼구나.

5

몇 년 만에 내린 폭설이라는데, 정말 많은 사람이 왔다가 갔다. 세상에는 소중한 사람도 있고 그렇지 않은 사람도 있다고 생각했는데, 잘못된 생각이었다. 모든 사람이 소중했다.

6

저녁엔 둘째 이모가 술에 취해 큰이모에게 행패를 부렸다. 너 때문이라고, 네년 때문에 영애가 죽은 거라고. 아무도 둘째 이모를 말리지 않았다. 큰이모 역시 묵묵부답일 뿐이었다. 양복을 입고 있던 나는 둘째 이모를 말릴 사람은 나밖에 없다고 생각했고, 조용히 자리에서 일어나 둘째 이모에게 소리쳤다. 내 엄마가 죽었는데 이모가 뭐라고 여기서 행패냐고. 뱉고 나서 생각하니 말도 안 되는 소리였다. 엄마는 내 친엄마였지만 이모에겐 친동생이었다. 둘째 이모도 충분히 행패를 부릴 자격이 있다는 생각이 들었다. 그래서 내 말을 듣지도 않고 계속 소리 지르는 둘째 이모가 좋았고, 아무렇지도 않게 돌앉는 큰이모가 좋았고, 그 옆에서 내내 흐느끼고 있는 영미 이모와 재옥 이모가 좋았다. 그저 그 모든 게 아름다워 보였다.

7

일남이 형이 담배를 피우자 했다. 사실 엄마의 장을 치르는 동안 담배를 피우지 않기로 다짐했었다. 엄마에게 담배 피우는 모습을 한 번도 보인 적 없는 나는 엄마에게 담배 안 피우는 아들로 남아 있고 싶었다. 무릎까지 눈이 쌓인 뒤뜰을 일남이 형과 한동안 걸어갔다. 멀찍이 어른들이 우리를 볼 수 없는 곳까지. 그곳에서 일남이 형의 담배 한 개비를 건네받으며 이런 내 속마음을 전했고, 일남이 형은 내 담배에 불을 붙이며 이렇게 말했다. 이까짓 것 숨긴다고 네가 네 엄마의 아들이 아닌 건 아니다. 나는 네가 그냥 너였으면 좋겠다. 눈 그친 장례식장 뒤뜰에 유난히도 별들이 반짝이고

있었다. 어두운 밤이었지만 온통 뒤덮인 눈 때문에 우리의
새하얀 담배 연기는 멀리서 보이지 않는 듯했다.

8

  말주변이 좋아 엄마와 수다를 잘 떨던 채갑이 삼촌이 나
를 불렀다. 상갓집이 너무 어두우면 안 된다며 이 자리 저
자리 옮겨다니면서 엄마에게 그랬던 것처럼 능청스럽게 수
다를 떨던 삼촌이었다. 맞은편에 내가 앉자 말이 없어진 삼
촌은 맥주 글라스에 소주를 채우기 시작했다. 수다쟁이 채
갑이 삼촌은 아무 말도 하지 않았고 나는 삼촌이 따르는 대
로 술잔을 모두 한입에 털어넣었다. 달큼하고 쌉쌀한 삼촌
의 술을 받아마시는 동안 그렇게 하루가 속절없이 지나고
있었다.

2월 16일

에
세
이

오늘,
노래를 듣다

라일락 꽃향기 맡으면

상대적으로 뇌가 싱싱하던 십대 시절이어서 가능했는지, 아니면 스마트폰 인류가 등장하기 전 마이마이 워크맨 세대여서 가능했는지 모르겠지만, 나는 어렸을 적 내가 좋아하는 노래의 가사를 외우고 다녔다. 꼰대적 발상인 걸 너무나 잘 알지만, 요즘 노래들과는 달리 은유적이고 서정적인 가사가 많아(나의 이런 발상이 내가 시를 못 쓰는 이유인 것도 같다) 그 노랫말에 취해 몇 번 좋아하는 노래를 반복해 들으면 굳이 외우려 하지 않아도 금세 뇌리에 남는 가사들이 꽤 많았다. 당시에는 말이다. 그런데 유독 이문세의 〈가로수 그늘 아래 서면〉의 시작이 늘 헷갈렸다. '가로수'가 먼저인지 '라일락'이 먼저인지 매번 고민하던 차에, 병인양요 신미양요 순서를 가나다순으로 외우듯, 그 시작은 가나다 역순이라는 어설픈 공식을 머릿속에 주입하고 난 뒤로는 그 노래의 시작을 틀리지 않게 되었다.

영화를 봤는지 밥을 먹었는지, 혹은 영화를 보고 밥을 먹었는지 했던 겨울의 저녁이었고, 종로에서부터 종각과 광화문을 거쳐 구세군회관까지 천천히 걸으며 우리는 담소를 나누었다. 오래전 일이라 그때 그곳에서 어떤 이야기들을 주고받았는지는 기억나지 않는다. 대체로 분위기를 돋우기 위해 쥐어짜낸 궁색한 농담들을 내가 던지면 나름의 성의로 그가 받아주는 방식이었던 것 같다. 그러던 중 좋아하는 노래에 대한 대화가 오갔던 것은 어렴풋이 기억난다. 나는 마침 광화문을 지나던 차라 〈광화문 연가〉를 말했고, 그는 자신도 이문세를 좋아한다며 〈가로수 그늘 아래 서면〉을 말했다. 아버지가 지어준 자신의 이름이 그 노래에 담겨 있다는 이유를 대면서.

그 길을 걸은 지 얼마 지나지 않아 엄마가 돌아가셨다. 그는 내내 원주 장례식장에 와 있었다. 너무도 고마운 일이었다. 생각해보면 어린 나이에 무척 부담스러운 자리였을 텐데, 역시나 어렸던 나는 그런 그를 집으로 보내지도 못했다. 그저 그가 있어서 좋았다. 그러다 새벽녘에 그의 무릎을 베고 잠이 들었다. 눈을 떴을 때 나는 그의 외투를 덮고 있었고 그는 미동도 하지 않고 꼿꼿하게 거기 앉아 있었다. 장례가 끝날 무렵 그는 서울로 돌아갔고, 이십사 년 전 오늘 나에게 이메일을 보냈다.

내 머릿속에 온통 네 생각뿐이다. 잠은 제대로 잤을까. 밥은 먹었을까. 많이 피곤할 텐데. 눈이 많이 와서 어떡하지. 너에게 그 무엇도 지금은 위로가 될 수 없다는 것을 알면서도, 아무 말도, 아무것도 해주지 못하는 나는…… 너무나 미안하다. 그냥, 널 위해, 너희 가족을 위해 조용히 기도해야겠다.

미안하다니. 미안한 건 나지. 부디 네 삶에서 그 겨울의 기억이 환하게 사라져 있길 바랄 뿐이다.

궤
변

오늘,
시를 생각하다

그랬으면 좋겠다

언어가 소통의 매개라면, 언어는 할 수 있는 게 없었다. 시를 처음 마주하기 시작했을 때 나는 어떤 정념 같은 것들을 언어화하는 작업이 시쓰기라고 믿었다. 그러나 언어는 매우 한정돼 있었다. 한정된 언어로 시를 쓴다는 것은 정념을 체계화하고 관습화하는 일에 불과했다. 결국 시를 통해 내 정념의 본질을 누군가에게 그대로 전달할 수 있기는커녕, 나 스스로 그것을 고스란히 기록할 가능성도 없었다. 그때부터 이런 생각을 하기 시작했다.

시의 언어는 일종의 색연필이면 좋겠다. 크레파스나 아크릴물감, 혹은 고무찰흙이면 좋겠다. 누군가 함부로 벗어 놓고 간 그림자나 만난 적 없는 사람이 바라보는 노을이면 좋겠다. 그래서 내 시는 그것들이 모여 만든, 그것들을 빚어 만난, 딱 한 장의 그림, 딱 하나의 조형이면 좋겠다.

2월 18일

시

오늘,
야근하다

우수한 우수

마감을 앞둔 K가 우수에 찬 목소리로 말한다. 좌수보다 우수에서 시작하는 이야기가 좋을 때도 있는 법이다. 교정지를 한참 들여다보며 나는 우수를 고민하다가 우수한 편집자가 되지 않기로 다짐한 것도 참 오래된 일이라 생각하며 늦은 겨울비 우수수 떨어지는 야근의 창밖을 내다본다. 창밖을 내다보며 나는 중얼거려보는 것이다. 오늘이 우수였구나. 경칩이 머지않았구나. 우수에 물이 차면 겨울잠 자던 개구리들이 잠에서 깨어 꿈틀거리기 시작하겠구나. 우수한 K는 어두운 창문 따위 쳐다볼 생각도 않고 우중충한 내 목소리 따위 들어줄 생각도 없이 우수를 들여다본다. 나는 우수에 찬 얼굴로 우수만 바라보는 우수한 K에게 묻는다. 저자가 우수를 싫어하면 어쩌지? 우수에 더욱 젖은 목소리로 K는 대답한다. 우수를 싫어하는 저자가 우수를 좋아하도록 만드는 것도 편집자의 역할이 아니겠어? 역시 우수한 편집자의 마음가짐은 남다른 것이라 생각하며 나는 다시금 우수에서 좌수로 교정지를 넘겨보는 것이다. 늦은 겨울비 우수수 떨어지는 우수의 밤은 끝날 생각도 없이,

레
시
피

오늘,
기억을 요리하다

반건조 양미리조림

엄마는 강릉 사람이었다. 강릉 사람이던 엄마는 손재주
가 좋았다. 손재주가 좋아 요리도 잘했다. 요리를 잘했던
엄마는 누나나 내가 뭔가를 먹고 싶다고 하면 그것을 사주
지 않고 만들어주었다. 예를 들면 피자나 카스텔라 같은
것. 학교에서 누구는 피자헛을 먹었다는 둥 도미노피자를
넌 아직도 못 먹어봤냐는 둥 얘기를 듣고 온 날이면 누나와
나는 피자 한 판만 시켜달라 엄마를 졸랐지만, 엄마는 기어
코 엄마표 피자를 만들어 우리에게 내놨다. 그때 우리는 그
것이 유명 브랜드 피자와는 생김새부터 달라 입을 삐죽이
며 한입 베어물기 일쑤였지만, 맛은 또 어떻게 그리 일품인
지 한 조각도 남기지 않고 먹어치웠다. 카스텔라도 마찬가
지. 엄마는 노랗고 둥근 구식 전기 오븐에다가 카스텔라를

구워줬는데, 계란 흰자로 만드는 머랭이 신기하고 재밌어 스뎅 바가지를 수동 거품기로 휘젓는 일은 내가 도맡았다. 엄마표 카스텔라 역시 그 특유의 맛과 식감이 있었는데, 지금에 와서 아무리 내가 따라해본다 한들 도무지 그 맛이 나지 않았다.

강릉 사람 엄마가 사는 우리집 구석 어딘가에는 늘 감자가 한 자루씩 놓여 있었다. 감자를 쪄 먹기도 하고 밥에 넣어 먹기도 하고 달큼하게 조려 먹기도 하고 채 썰어 볶아 먹기도 했다. 그러다가 감자가 썩기라도 하면 그걸로 엄마는 투명하면서도 쫀득한 감자떡을 만들어주기도 했다. 엄마 말로는, 감자는 버릴 게 없다고 했다. 이런 말은 소나 명태한테나 하는 말 아닌가 싶기도 했지만.

요리를 잘하는 강릉 사람 엄마는 겨울이면 양미리조림을 만들어주었다. 스무 마리나 서른 마리 통통하게 알밴 양미리들이 발갛거나 노란 비닐 노끈에 차례로 감긴 채 며칠이고 좁은 집 베란다에 걸려 있곤 했는데, 적당히 건조된 그것을 엄마는 통째로 조리했다. 한동안 그 맛을 잊고 살았는데,

얼마 전 새벽에 뒤척이다가 불현듯 엄마의 그 양미리조림이 머릿속에 떠올랐고, 며칠씩 그 양미리 생각에서 헤어나지 못해 결국 온라인을 뒤져 속초 햇양미리를 주문하고 말았다. 그러고는 뼈째 먹는 생선을 지독히도 싫어하는 아내가 야근하는 날 나는 홀로 엄마표 반건조 양미리조림을 떠올리며 저녁을 해 먹었던 것이다. 이럴 줄 알았다면 엄마에게 레시피나 좀 배워놓을걸, 후회하면서도 그 맛을 따라 하는 것 또한 남다른 즐거움이어서, 콧노래 흥얼거리며 그날 해 먹은 반건조 양미리조림 레시피를 소개하고자 한다. 물론, 아쉽게도 엄마가 해준 그 맛과 일치하진 못했지만, 어느 정도 근접한 맛이 나긴 했다.

■ 재료 준비 (넉넉한 2인분 / '숟갈'은 밥숟가락 기준)

① 반건조 양미리 10마리 내외 (생물 양미리도 무방)

② 무 적당량 (취향껏 100~200g)

③ 감자 적당량 (취향껏 1~2알)

④ 대파 ½대

⑤ 청양고추 적당량 (취향껏 1~2개)

⑥ 멸치육수 500ml

⑦ 진간장 5순갈

⑧ 멸치액젓 1.5순갈

⑨ 맛술 2순갈 (먹다 남은 소주 대체 가능)

⑩ 고추장 1순갈

⑪ 고춧가루 3순갈

⑫ 다진 마늘 크게 1순갈

⑬ 후춧가루 약간

■ 조리 순서

① 준비한 무와 감자를 깨끗이 씻고 정성껏 껍질을 벗긴 뒤 적당한 크기로 썬다. 양미리는 비교적 작은 생선이므로, 조리 시간도 그리 길지 않다. 따라서 무와 감자를 그리 두껍지 않게 써는 게 좋다. 나는 대략 0.5cm 두께로 썰었다.

② 양념장을 준비한다. 위 재료 중 진간장, 멸치액젓, 맛술(혹은 소주), 고추장, 고춧가루, 다진 마늘, 후춧가루를 국그릇 같은 데에 모두 넣고 잘 섞으면 양념장 준비는 끝.

③ 냄비에 무를 먼저 깔고, 그 위에 감자를 깐다. 그뒤 준비한 멸치육수를 모두 붓고 강불로 끓인다. 끓기 시작

할 즈음 준비한 양념장 절반 정도를 넣는다. 무와 감자에 양념이 잘 배도록 숟갈로 조금씩 뒤척여주는 것이 좋다.

④ 무가 투명하게 익어갈 즈음 중불로 줄이고 준비한 양미리를 모두 그 위에 얹는다.

(아 참, 반건조 양미리의 경우 물로만 잘 씻어 준비하면 되고, 생물 양미리를 준비했다면 손질을 해주는 것이 좋다. 생물 양미리의 손질은 어렵지 않다. 가위로 꼬리지느러미를 먼저 자른 뒤 대가리를 잘라내야 하는데 이때 중요한 것은 적당한 힘이다. 가위질을 등 쪽부터 시작해서 생선 뼈가 톡 걸리는 순간까지만 힘을 준 뒤 그대로 옆으로 당기면 깔끔하게 내장까지 손질된다. 양미리는 겉으로 봐서는 암수가 잘 구분되지 않는데, 그렇게 대가리와 내장을 손질하고 나면 암수를 확연히 구분할 수 있다.)

⑤ 양미리를 가지런히 올려놓은 뒤 남은 양념을 한 숟갈씩 천천히 펴바른다. 반건조 양미리는 어느 정도 탄력이 있어 괜찮지만, 생물 양미리는 부서지기 쉬우므로 뒤척이지 않는 것이 좋다. 이대로 10분 정도 조린다. 조리는 중간중간 양념을 양미리에 끼얹어준다.

⑥ 10분 정도 조린 뒤 송송 썬 대파와 청양고추를 얹는

다. 그뒤 국물이 자작자작 졸아들 때까지 역시 양념을 끼얹어주면서 시간을 보내다보면 이때다 싶은 순간이 온다. 내 체감상으론 5~6분? 중불 유지는 필수. 마음이 급해서 불을 올리면 무가 다 탄다.

　⑦ 이제 완성된 양미리조림을 냄비째 식탁으로 가져가 양미리떼가 자유로이 헤엄쳐 놀던 투명한 바다의 무한함에 감사하며 흰쌀밥 위에 양미리 반토막과 함께 무와 감자를 얹어보는 것이다.

짧
은

소
설

오늘,
책을 선물하다

상실의 시대

    카페 앞에 놓인 나무 계단은 걸음을 옮길 때마다 삐걱거려서 사람을 조심스럽게 만든다. 마음을 가다듬으며 한 계단 한 계단 올라가 통나무를 겹쳐 만든 통문을 열고 안으로 들어선다. 따라 들어온 볕이 카페 입구 안쪽에 놓인 낡은 탁자를 비춘다. 탁자 위엔 쓰인 지 삼십 년은 족히 돼 보이는 타자기가 놓여 있다. 군데군데 녹이 슬어 있지만, 문틈 사이로 들어왔던 볕이 사라지자 녹들은 음지 속으로 금세 몸을 감춘다. 그래도 제 이름이 지워진 자판들은 표정을 감추지 못한다. 타자기 뒤로는 먼지가 제법 내려앉은 액자가 걸려 있고, 액자 안에선 노부부가 삼지창을 들고 나를 노려보고 있다. 그랜트 우드의 그림 〈아메리칸 고딕〉이다. 오래된 모작이겠지만, 오랜만에 마주친 그들의 눈초리는 여전히 따갑다.

　노부부의 시선을 피하자 내 시야 앞으로 복도가 길게 늘
어선다. 복도를 따라 몇 걸음 들어간다. 나무로 된 바닥은
역시나 삐걱거리지만, 이내 복도 양옆으로 작은 방 입구 몇
개가 나타난다. 한쪽 방에는 차가운 재가 쌓여 있는 북구풍
벽난로와 몇 군데 상처가 난 두 개의 탁자, 그리고 칠이 조
금씩 벗겨진 나무 의자 네 개가 놓여 있다. 다른 방에는 볕
이 들지 않는 창과, 창의 이쪽과 저쪽으로 서로 다른 모양의
비즈 스탠드가 놓여 있는 낮은 협탁 두 개, 그리고 가죽이
헐거워지기 시작한 소파 네 개가 놓여 있다. 나는 창이 있는
방으로 들어가 가장 구석에 놓인 소파에 앉는다. 내가 앉자
소파는 한참 동안 숨을 뱉어내며 천천히 나를 품는다. 조그
마한 블루투스 스피커에선 시크릿 가든의 경음악이 고요하
게 흘러나온다. 그와 나는 앤티크풍의 이 카페를 좋아했다.
이 방의 낡은 소파에 오래도록 앉아 음악 듣기를 좋아했다.

　누구에게나 첫사랑은 찾아온다. 내게도 첫사랑은 찾아왔
다. 대학교 일학년 가을의 일이었다. 동기 은희가 제 지갑

에 넣어두었던 자신의 친구들 단체 사진에서 그를 처음 보았다. 사진 속 그는 투명했다. 긴 생머리의 그는 청아하면서도 어딘가 모르게 여려 보였지만, 단호한 미소를 입가에 가지고 있었다. 그 미소는 이상하게도 그에게 의지하고 싶다는 생각으로 연결됐다. 그런 그를 꼭 한번 만나고 싶었다. 나는 은희를 몇 날 며칠 따라다니며 졸랐다. 며칠이 아니었다. 몇 주? 몇 달? 끈질긴 애원 끝에 은희는 날짜를 잡아주었고, 그날이 다가왔다.

그와 나는 내가 다니던 학교 앞 한 카페에서 만나기로 했다. 시험 기간이어서 학교 앞은 한산했다. 답안을 어떻게 써냈는지도 모를 정도로 허겁지겁 강의실을 빠져나온 나는 한달음에 카페로 달려가 그가 기다리고 있는 이층으로 뛰어올라갔다. 순간, 세상의 모든 정적이 그곳으로 몰려들었다. 멀찍이 그를 발견한 순간부터 세상은 온통 흑백필름 슬로모션으로 돌아가기 시작했고, 무성영화처럼 아무런 소리도 들려오지 않았다. 그 장면이 특별했던 건, 유독 그에게서만 총천연색의 빛이 뿜어져나오고 있었다는 것. 나는 최선의 조심성으로 그에게 다가가 인사했다. 그는 인사 대신 웃으며 말을 건넸다. "너 신발끈 풀렸어."

우리는 맥주를 시켰다. 술을 한 모금도 하지 못했던 그는
나를 배려한다는 듯 함께 맥주를 주문했다. 우리는 그런대
로 재미난 이야기를 주고받았고, 내가 그의 맥주잔까지 비
운 뒤에야 자리에서 일어났다. 전철을 타러 가는 길에 우리
는 서점에 들렀다. 지금은 사라진 홍문당이라는 이름의 작
은 서점이었다. 그곳에서 우리는 서로에게 선물했다. 그는
나에게 『새의 선물』을, 나는 그에게 『신의 아이들은 모두 춤
춘다』를. 가는 방향이 같았던 우리는 전철을 함께 탔고, 빈
자리에 나란히 앉은 그가 가방에서 검정색 모나미 볼펜 하
나를 꺼내 나에게 건네며 말했다. "책을 선물할 때는 뭔가
써주는 거야." 한참을 고민한 끝에 나는 내내 후회할 만한
한마디를 그곳에 적고 말았다. '반갑습니다.'

입대하기 전 나는 애인에게 이별을 통보했다. 이유는 단
하나, 그의 얼굴을 보기 위해서였다. 애인의 전화번호도 기
억하지 못했던 나는 그의 전화번호는 또렷이 기억하고 있
었다. (사실, 지금도 그 번호는 잊지 않고 있다.) 애인과 헤어

지자마자 나는 일 년 넘게 문자 한 통 주고받은 적 없는 그
에게 전화를 걸었다. 용건은 간단했다. 곧 군대에 간다. 가
기 전에 한번 보자. 그는 흔쾌히 승낙했고, 우리는 처음 만
났던 그 카페에서 보기로 했다. 먼저 와 기다리고 있던 그를
나는 멀리서 발견했다. 나는 그제야 깨달았다. 그는 이미
세상에 존재하지 않는다는 사실을. 단발로 머리를 자른 그
는 전보다 더 아름다웠다. 하지만 빛을 뿜던 그때의 그는 그
곳에 없었다.

　　우리는 약속이라도 한 것처럼 각자 한 권의 책을 꺼냈다.
그는 나에게 『타인에게 말 걸기』를, 나는 그에게 『상실의 시
대』를 건넸다. 나는 역시나 그 책에 부끄러운 한마디를 남
겼다. "이번 생의 아름다움을 다음 생으로." 우리는 근황이
나 가족의 안부 따위의 시답잖은 대화를 나누다 헤어졌다.
가는 방향이 여전히 같았지만 전철을 함께 타지는 않았다.
그렇게 나는 입대했고, 군 생활 동안 딱 두 번 그에게 전화
를 걸었다, 끊었다.

　　나는 카페 소파에 앉아 『타인에게 말 걸기』 마지막 페이

지를 읽고 나서 책의 뒷면에 『상실의 시대』의 한 구절을 적기로 한다. "기억이란 건 아무래도 이상한 것이다. 거기에 실제로 내가 있었을 때 나는 그런 풍경에 거의 관심을 기울이지 않았다. 특별히 인상적인 풍경이라는 느낌도 없었고, 더구나 십팔 년 후에 그 풍경을 선명하게 기억하리라고는 상상조차 못했다. 솔직하게 말해서 그때 나에겐 그런 풍경 같은 건 아무래도 좋았던 것이다."*

---

* 무라카미 하루키, 『상실의 시대』, 유유정 옮김, 문학사상사, 2000, 37쪽.

에
세
이

오늘,
늙은 아버지를 떠올리다

아버지

고등학생이 된 뒤부터 나는 아빠를 아버지라 부르기로 결심했다. 하지만 내가 아빠를 아버지라 부르는 것에 대해 아버지가 못내 섭섭해한다는 사실을 엄마가 조심스레 나에게 전했다. 그럼에도 나는 아빠를 아버지라 불러야 할 것 같았다. 거리감을 두고 싶은 마음은 없었다. 그래야 내가 철든 인간이 될 거라 믿었다. 아버지를 위해 그리고 나를 위해 나는 아빠란 말과 아버지란 말을 번갈아 썼다. 그래도 나는 엄마를 어머니라 부른 적은 없다. 조금 더 커서 엄마를 어머니라 부르고 싶었지만, 내가 조금 더 클 시간을 엄마는 나에게 주지 않았다. 엄마가 세상을 떠난 2001년 2월, 나도 어렸지만 아버지도 젊었다. 그때부터 나는 단 한 번도 아버지를 아빠라 부르지 않았다.

내가 미취학 아동일 때 고등학교 음악 선생이던 아버지가 숙직하러 가는 날이 종종 있었는데, 나는 그런 아버지를 따라 종종 숙직을 따라갔다. 어느 숙직 날 밤 아버지는 자신이 가르치던 밴드부의 악기 창고로 나를 데려간 적이 있었다. 그곳은 어두웠지만, 신기하게 생긴 온갖 관악기들이 반짝이고 있어 두려운 마음 같은 건 들지 않았다. 그날 아버지는 나에게 트럼펫이며 트롬본이며 호른 같은 금관악기들과 클라리넷, 플루트, 바순 같은 목관악기들의 이름을 알려주며 그것들의 음색을 천천히 하나하나 들려주었다. 너무 오래전 일이어서 그 악기 창고에 얼마나 머물렀는지는 기억나지 않지만, 그때 그 악기들의 묘한 소리들과 그 소리들로 인해 설레던 마음은 잊히지 않는다.

역시 내가 어릴 때 아버지는 원주 지역의 어느 작은 합창단을 지휘하기도 했고, 우리 가족이 다니던 교회의 성가대 지휘를 하기도 했다. (기억이 닿는 한 내 생애 처음의 순간부터 교회에서 아버지가 지휘하는 모습을 줄곧 봐왔지만, 엄마가 죽은 뒤로 나는 신의 존재를 부정하며 교회에 단 한 번도 발을 들이지 않았다. 그래서 그뒤로 아버지가 지휘하는 모습을 본 적이 없었다. 아버지는 여전히 교회를 열심히 다니지만, 엄마가 죽은 뒤로 아버지 역시 합창단과 성가대 지휘를 그만두었다.) 엄마가 죽은 뒤로 지휘를 그만둔 아버지는 은퇴 후 한동안 취미 삼아 동년배 할아버지들에게 색소폰을 가르치는 일을 했고, 최근엔 아버지 모교의 개교 백 주년 기념 음악회에서 아버지의 색소폰 합주단이 일부분을 장식하기도 했다. 아버지는 누나와 나에게 어렵게 표를 구해놨으니 자신의 마지막 지휘하는 모습을 보러 오라고 했고, 아내와 매형까지 대동해 우리는 아버지의 마지막 지휘를 보러 춘천으로 내려갔다. 이십여 년 만에 처음 보는 아버지의 지휘였다. 어렸을 땐 그 모습이 당당하고 멋져 보였는데, 지금 그 모습을 보자니 중간에 실수하진 않을까, 끝까지 잘 마무리할 수 있을까, 불안한 마음뿐이었다. 예전처럼 박력 있고 기운찬 지휘는 아니었지만, 걱정했던 것보다는 훨씬 매끄럽게 아버지의 마지막 지휘가 끝이 났고, 우리는 근처 식당에서 저녁을 먹고 헤어졌다.

이제 아버지는 늙었고 말랐고 작아졌다. 일 년에 두세 번,

아버지를 볼 때마다 아버지는 조금 더 늙고 있고 조금 더 마르고 있으며 조금 더 작아지고 있다. 아버지가 조금씩 나약해지는 이유가 내가 아버지를 아빠라 부르지 않기 때문이라는 생각을 한 적이 있다. 내가 아버지를 아빠라 부른다면 아버지는 내가 어렸을 때처럼 젊고 무섭고 꼿꼿하고 힘센 사람으로 돌아올지 모를 일이다. 그래도 나는 아버지를 아빠라 부르지 않을 생각이다. 그래야 내가 철들 수 있을 거라 믿기 때문이다. 내가 아버지를 아빠라 부른다 해도 엄마는 돌아오지 않을 것이기 때문이다. 지나간 것을 후회한다고 해도 엄마는 결코 살아 돌아오지 않을 것이기 때문이다. 먼 훗날 아버지와 나 둘 중 하나가 먼저 죽게 되기 직전, 모든 것이 되돌아오지 않을 것을 알면서도, 그때 마지막으로 불러볼 마음으로 아빠라는 말을 아껴둘 생각이다.

오늘,
젊은 아버지를 찾아보다

아들에게

보낸 사람 ⟨lcs****@hanmail.net⟩   01.02.22 (목) 17:56 ☆

받는 사람 ⟨mae****@hamail.net⟩

아들아.

메일로 널 불러보기도 참 오랜만이구나. 너무나 갑작스레 슬픈 일을 당한 채 황망히 무엇을 어떻게 해야 할지 모르고 허둥대는 모양이 가슴 아픈 현실이다. 아들아. 사랑하는 아들아. 하늘로 간 엄마를 대신하여 이 아빠가 널 갑절로 사랑하마. 이제 많이 커서 곧 어른이 될 나이이지만 그래도 아직은 엄마가 그리울 텐데, 그때마다 이 아빠를 쳐다보거라. 널 이 세상 누구보다도 사랑하며 지키며 함께 살아갈 것이다. 이 아빠는 어린 나이 여섯 살에 엄마와 헤어졌고 아빠라는 단어는 한 번도 불러보지 못한 채 살아왔단다. 그래서 널 그렇게 살갑게 키웠나보다. 누나와 항상 다정하게 지내며 엄마 대신이라고 생각하고 의논하며 서로 돕고 사랑하면서 살아가야 한다. 어디 가서도 기죽지 말고 그러나 지나치지 말면서 좋은 친구 사귀고 성실히 살아가야 한다. 그래서 시간이 흐를수록 의젓하며 성숙한 한 인간이 되어야 한다. 이 아빠는 사랑하는 아들이 좋은 시인이 되는 미래를 꿈꾼단다. 우리 세 식구 아끼고 이해하고 사랑하며 살자. 하늘에서 네 엄마가 보고 웃을 수 있도록. 나중에 또 쓰마. 사랑한다. 아들아.

PS: 언제 어디서나 몸조심하는 것 잊지 말고 너 자신을 귀중히 여기며 슬기롭게 자기 몸을 보호하고 지켜나가야 한다.

===

우리 인터넷, Daum

평생 쓰는 무료 E-mail 주소 한메일넷

지구촌 한글 검색서비스 Daum FIREBALL

http://www.daum.net

에
세
이

오늘,
시집을 읽다

휴지

취한 회기동 밤 골목을 비틀거리며 오래도록 함께 거닐며 시를 읊조리던 은기 형이 등단 십육 년 만에 첫 시집을 냈다. 은기 형이 보내준 아름다운 시집 『우리는 적이 되기 전까지만 사랑을 한다』를 받아든 순간 나는 휴지 뭉치를 떠올리고야 말았다. 그날 화장실 바닥 문틈 사이로 은기 형이 건네준 휴지 뭉치를, 그날 밤 달보다도 하얗던 그 휴지 뭉치를, 겨울 산등성을 빼곡히 메꾼 눈보다 더 풍성했던 그 휴지 뭉치를.

그러니까 휴지의 오묘한 매력을 발견한 건 십 년도 더 지난 어느 산행에서의 일이었다. 산행 전 들른 결혼식에서 무리하게 먹은 뷔페가 문제가 될 줄은 예상치 못한 터였다. 산행 초입부터 아랫배가 살금살금 주기적으로 아려왔고, 걷는 동안 그 주기는 빠른 속도로 짧아지고 있었다. 간이화장실이 간간이 놓여 있긴 했으나, 문제는 휴지였다. 간이화장실에도, 동행들에게도 휴지는 없었다. 다행이었던 건, 간단히 끝내기로 한 산행이었던지라 세 시간여 만에 산에서 내려와 식당으로 이동할 수 있었던 것. 식당에 들어서자마자 난 곧장 화장실로 향했고, 의심할 여지없이 볼일을 보았다. 그런데 아뿔싸, 그곳에도 휴지는 보이지 않았다. 내 주머니 안에는 휴지 대신 휴대폰만 들어 있어 저녁식사를 막 시작한 은기 형에게 전화를 걸 수밖에 없었다.

그때 생각했다. 휴지는 더러운 것일까, 깨끗한 것일까. 휴지를 가지고 있다는 건 내가 늘 더럽다는 얘기일까, 늘 깨끗하다는 얘기일까. 휴지를 가져다줄 은기 형은 분명 나를 더러운 놈이라고 생각할 텐데, 그것은 내가 휴지를 가지고 있지 않았기 때문일까, 내가 휴지를 사용할 것이기 때문일까. 엄마에게 단 한 번도 휴지를 사달라고 조른 적 없는 나는 깨끗한 아이였을까, 더러운 아이였을까. 휴지를 사달라고 조르는 아이를 본 적 없으니, 세상엔 깨끗하거나 더러운 아이는 아예 존재하지 않는 것일까.

　허옇게 엉덩이를 까고 앉은 산골 재래식 변기 위에서 나
는 마침내 처음으로 휴지에 관한 고찰을 시작할 수 있었다.
휴지의 본질에 관한 질문들은 그것이 가진 깊은 구렁 속에
서 내 멱살을 잡아당기고 있었다. 그것이 가진 형식에 관한
문제에 있어서도 나는 과감히 정의를 내릴 수 없었던 것이
다. 휴지는 둥근 것인가, 네모난 것인가. 생각해보면 주변
에서 쉽게 볼 수 있는 휴지는 주로 두 가지 형태를 띠고 있
었다. 하나는 끊어 쓰도록 둘둘 말린 형태, 하나는 뽑아 쓰
도록 각진 형태. 이 둘 중 무엇이 휴지를 대표하는 형태란
말인가. 끊어내면 정확히 사각이 되고 마는 두루마리 휴지
는 둥글다고 해야 하나, 네모나다고 해야 하나. 결국 구겨져
버려지는 것이 휴지가 지는 본연의 임무라면, 말렸든 각졌
든 휴지는 어차피 둥근 것 아니겠는가.

　이것도 아니고 저것도 아닌 이 휴지라는 것이 아무래도
나나 내 주변의 '너'들을 닮았다는 생각이 들 즈음, 나는 은
기 형의 안부가 궁금해졌다. 은기 형이 휴지를 가져다주는

속도가 더딘 것인지 날랜 것인지 가늠하기 어려웠으나, 딱 그만큼 밤이 깊어가고 있었고 무릎이 저려왔다. 은기 형은 왠지 밑을 닦다가 쉽게 구멍나버릴 것 같은, 닦아내고 나면 뭐랄까 한 이틀 쓰라릴 것 같은, 거칠지만 연약한 결을 가진, 확성기 달린 리어카에서 떨어로 몇 덩이씩 팔 것 같은 휴지를 들고 올 것만 같았다. 이윽고 노크 소리와 함께 내 지난한 고찰은 끝이 났다. 기다리고 기다리던 은기 형이 휴지를 들고, 그것도 한 뭉텅이씩이나 들고 나를 찾아와주었던 것이다. 지금 이 순간, 저것이 단 한 장이었다면 어땠을까 하는 엉뚱한 생각이 들기도 한다. 한 장이었다면 저것은 과연 휴지일 수 있었을까. 달랑 한 장이었다면 은기 형은 과연 내가 여전히 좋아하는 형으로 남아 있었을까.

어쨌든 그날, 떨어지면 쉽게 깨져버릴 것 같은 신성한 새벽 유정란을 받아드는 기분으로 다스하게 휴지 뭉치를 두 손으로 그러모아 쥐면서, 나는 깨달아버린 것이다. 휴지는 뭉치라는 것을, 뭉치일 때야 비로소 휴지는 휴지가 될 수 있다는 것을, 버려질 때 버려지더라도 뭉치여야만 누구의 밑이라도 힘껏 닦아내고 버려질 수 있다는 것을. 나는 그날 밤

경건한 마음으로 은기 형이 갖다준 휴지로 낮은 곳을 정성
스레 닦아내어 밤보다 더 진한 어둠 속으로 그 뭉치들을 던
져넣었던 것이다.

에
세
이

오늘,
오로라를 마주하다

검색은 여행이다

꿈같은 일이었어요. 손에 닿을 것 같았죠. 그것은 내 눈 앞에서 물결치고 있었어요. 삼 일 밤낮을 기다려 간신히 마주하게 된 그것은 연둣빛으로 한없이 일렁이는 어떤 말 같았죠. 해석할 수 없었지만 분명히 전달하고 있었어요. 이해할 수 없었지만 난 이미 동감하고 있었답니다.

어느 날 TV에서 오로라를 본 아내는 나에게 말했다. 언젠가 오로라를 보러 가고 싶다고. 나는 그런 아내에게 답했다. 나중에 우리가 돈을 많이 벌게 되면 오로라를 보러 가자고. 그것은 마치 기회가 되면 달이나 화성 혹은 목성 근처를 배회하는 유로파 정도에 놀러 가자고 말하는 것과 같은 느낌의, 내 인생에 들어 있지 않은 계획을 아무렇게나 누설하는 허황된 선언이었다. 그러자 아내는 나에게 말했다. 자신 앞에 펼쳐질 생의 가장 아름다운 순간을 왜 하필 너와 함께 해야 하냐고. 나는 농담 같은 아내의 진담이 재미있어 시로 써야겠다고 생각했고, 그래서 썼다.

  헤르베르트 그라프는 그의 아내에게 오로라를 보여주
고 싶었다

  그가 나고 자란 고장에선 오로라를 볼 수 없었다
  같은 고장에서 나고 자란 아내 역시 한 번도 보지 못한
그것을 끔찍이 보고 싶어한다는 사실을 그는 알고 있었다
  결혼 3주년이 되던 날 근교로 나간 헤르베르트 그라프
는 멀찍이 샛노란 해넘이가 한눈에 들어오는 까페 테라스
에 앉아 아내에게 말했다
  죽기 전에 너에게 오로라를 보여주고 싶어
  그러자 아내는 검붉은 가을 수수밭 같은 목소리로 물
었다
  당신의 아내 혼자서 오로라가 보이는 곳으로 가도 된다
는 말이야?

아내의 질문에 헤르베르트 그라프는 한쪽 머리가 아파 왔다

그렇지 나는 분명 아내에게 오로라를 보여주고 싶었지

그렇지만 일찍이 스스로 오라라를 보고 싶단 마음도 갖고 있었어

그렇다면 내 말은 내가 오로라를 보기 위한 수단으로 아내를 이용하겠단 뜻일까

헤르베르트 그라프는 꼬았던 다리를 반대로 다시 꼬는 동안 상체를 아내 쪽으로 은근히 숙이며 말했다

죽기 전에 너와 오로라를 보러 가고 싶어

그러자 아내는 푸르르 떨리는 진보랏빛 유성 같은 입술로 물었다

당신은 오로라가 보고 싶은 거야, 오로라가 보이는 곳으로 가고 싶은 거야?

아내의 질문에 헤르베르트 그라프는 헷갈리기 시작했다

그래 오로라를 보는 일은 검색으로도 가능한 일이지

그래도 나는 태양의 입자와 지구의 자기장이 부딪는 곳에 서서 그것들의 발광을 목격하고 싶은 마음이었어

그래서 내 말은 오로라가 보이는 곳으로 가되 거기서 오로라를 보지 못해도 된다는 뜻일까

헤르베르트 그라프는 의자에서 일어나 아내에게로 걸어가 그녀의 팔걸이에 걸터앉으며 다시 말했다

죽기 전에 오로라가 보이는 곳으로 가 너와 함께 오로라를 바라보고 싶어

그러자 아내는 북극점으로부터 불어오는 텅 빈 바람 같은 눈빛으로 물었다

생애 단 한번 맞이할 가장 아름다운 순간을 왜 당신과 함께해야 하지? 지치도록 평생을 함께할 당신과 말야

아내의 말에 헤르베르트 그라프는 한 손으로 자신의 무릎을 내리치며 웃기 시작했다

다시 없을 이 밤 아내와의 귀갓길은 그에게 아프지도 않았고 기쁘지도 않았고 허전하지도 않았고 가득하지도 않았다

자신도 모르는 사이에 헤르베르트 그라프의 가장 아름
다운 순간이 지나가버리고 있었던 것이었다

—「플라스마」* 전문

이 시를 쓰기 전까지, 그리고 쓰고 난 뒤에도 한동안 나
는 내가 오로라를 직접 목격할 수 있을 거라 생각하지 않았
다. 오로라는 그저 유튜브 같은 데서 실컷 검색해보며 마음
의 양식을 쌓는 내적 즐거움을 위한 하나의 방편 정도일 뿐
이었다. 위 시를 쓰기 위해 한 일 또한 검색이었다. 내가 직
접 경험하지 못한 공간이나 현상, 사건 같은 것들을 통해 시
를 쓰고 싶어질 때가 종종 있는데, 나는 그때마다 검색을 애
용했고, 그러면서 자연스럽게 이런 생각을 하게 되었다. 검
색도 여행이라고. 검색 자체만으로도 어떤 (간접적인) 체험
을 할 수 있지만, 검색을 통해 상상되고 확장되는 여러 정황
들 역시 (직접적인) 체험이 될 수 있다고.

오로라를 보고 안 보고는 시를 쓴 나에게도, 시를 읽는 독

---

* 졸시집 『우리는 살지도 않고 죽지도 않는다』, 창비, 2018.

자에게도 중요한 문제는 아닐 것이다. 다만 어떤 텍스트가 마련된 상황에서 그 텍스트를 접하는 상황과 그 상황에 (의식적으로든 무의식적으로든) 적용되는 체험은 시를 해석하는 데에 중요한 '영향'을 제공한다. 저 시 때문인지 아닌지는 모르겠지만, 나는 아내와 몇 해 전 여행을 떠났고, 그 여행에서 우연히 오로라를 목격했다. 아주 어렵게 만난 오로라는 말로 형용할 수 없을 만큼 아름다웠고, 영하 사십 도의 날씨 속에서도 얼어붙지 않을 만큼 나는 하염없이 눈물을 흘렸다. 이유는 없었다. 그저 계속 눈물이 났다. 여하튼, 여전히 저 시에서 오로라를 봤고 안 봤고는 중요하지 않은 것 같다. 그러나 오로라를 보기 전과 보고 난 뒤의 나에게 저 시가 조금은 다르게 작용하는 지점은 분명 있는 듯하다.

나는 시가 체험에서 나온다는 말에 동의한다. 모든 시는 시인의 체험에서 나온다. 이때 체험이란 사람마다 다를 수밖에 없다. 각자가 겪어온 일들이 다를 수밖에 없다는 점에서도 그러하지만, 체험을 생각하는 기준이 서로 다를 수밖에 없다는 점에서도 그러하다. 내가 이야기하고 싶은 것은 후자에 관한 것이다. 시를 쓰면서, 문학을 하면서 이 문학과 가까이에 있는 사람들을 자주 만나오면서 알게 된 사실인데, 많은 사람이 오해하고 있는 점이 있다. 시(혹은 문학)에 적용되는 체험의 범위에 관해서 말이다. 문학을 좋아하는 (그렇기 때문에 이런 생각을 갖는 것이기도 할 테지만) 많은 사람이 시의 진정성은 직접경험에서 나온다고 생각한다는 것이 그것이다. 소설(지어낸 이야기)이 아닌 시는 직접 체험하지 않고서는 쓸 수 없는 것이며, 쓰려고 해서도 안 된다고 생각하는 사람을 여럿 보았다. 그런 이야기를 들으면 나는 반문한다. 그렇다면 소설의 진정성은 어디에서 나오는 것이냐고.

시를 쓰면서, 또는 문학 근처에서 밥벌이하며 반복적으로 논의되는 지점이기도 하다. 소설은 지어내는 것이고 시는 지어내면 안 되는 것일까. 지어내는 것은 시인의 체험에 속할 수 없는 것일까. 나는 나에게 말한다. 시와 소설은 같은 것이라고. 다만 표현 방식에 조금의 차이가 있을 뿐이라고. 소설도 작가의 체험에서 나온다. 시의 진정성을 생각할 때 우리에게 선행되어야 할 것은 체험의 범위를 확장하는 것이다.

여행은 시를 쓰는 데 있어서 매우 소중한 체험이다. 아니, 여행은 한 사람의 인생을 가꾸어나가는 일에 있어서 아주 중요한 체험이다. 여행에서 마주친 낯선 사람들, 낯선 언어들, 낯선 풍경들이 한 사람의 정체성을 형성하는 데 분명한 영향을 끼치기 때문이다. 그렇기에 시에서도 여행은 소중한 체험으로 작용할 수 있는 것이다. 그러나 나는 주변 사람들에게 쉽게 여행을 권할 수 없다. 여행에는 돈과 시간이 필요하기 때문이다. 그러나 검색은 언제 어디서든 가능하다. 세상이 변했다.

엉덩이를 실룩이며 느리게 걷는 순록 한 마리와 순록을 모는 백발의 농장 주인, 그리고 순록의 썰매에 매달리 아내와 나. 이렇게 우리 넷만 거기에 있었어요. 눈 덮인 라플란드의 솔숲 사이에 말이죠. 수많던 여행자들은 몇 주째 제 모습을 드러내지 않는 오로라를 뒤로하고 모두 남쪽으로 떠난 뒤였죠. 드넓은 만큼 적막했어요. 적막한 솔숲에서 오로라를 보는 것은 너무도 아름다운 일이었지만, 아름다운 만큼 무서운 일이었죠.

오늘,
그때의 나를 돌아보다

엄마가 세상을 떠난 2001년을 중심으로 기억을 곱씹다보니
무려 노벨문학상 수상자 한강 작가를
그해 처음 보았던 장면이 떠올랐다.
수년 전 한 잡지에 '3인 3색, 한강을 읽다'라는 주제로
청탁받아 기고한 원고를 찾아보았다.

작가와의 만남

2001년 겨울 초입이었다. 나를 포함한 국문과를 다니는 모든 일원이 한 해를 갈무리하는 행사로 한껏 들떠 있던 날이었다. 행사는 학과 내 모든 동아리와 학회의 구성원들이 한 해를 정산하며 결과물을 발표하거나 장기를 자랑하는 자리였다. 돌이켜보면 그 백오십 분 남짓한 시간은 무척이나 싱겁고 지루한 것이었지만, 그때의 난 그 시간이 좋았다. 인생에 하등 도움도 되지 않을 선후배들의 재롱을 바라보고 있자니 내 스무 살 청춘이 참 딱하다는 거만한 생각이 들기도 하면서도, 입담 좋은 선배의 말장난에 걸려들어 단상 위에서 쭈뼛거리는 동기 애들의 수줍은 모습이 순수해 보이기도 하면서도, 그런 친구들을 보면서 까르륵거리는 다수의 사람과 무심한 듯 웃음을 참으며 무표정으로 일관하는 소수의 사람이 좋았다. 그래도 무엇보다 그날 그 행사가 좋았던 건 이런 약간의 무료함을 견디고 나면 시작되는 '작가와의 만남', 몇 날 며칠을 내 가슴을 설레게 한 작가를 직접 볼 수 있는 시간 때문이었다.

나는 시인을 꿈꾸는 대학교 이학년생이었다. 나름 성스러운 시를 공부하는 자로서의 풍모에 대한 시답잖은 관념들을 가슴속에 아로새기며 매일 다른 시집 한 권씩 들고 다니던 스무 살. 고결한 시집의 낱장들을 넘기며 소설 따위는 시간 날 때 철저히 취미로만 읽겠다고 다짐하던 스무 살. 시 창작 동아리 선배들이 프랑스문학 운운할 때마다 한국시도 이해 못하는 것들이, 소리치며 세미나실 두꺼운 철문을 박차고 나가버리던 스무 살. 시인의 정서와 문화를 고스란히 전달받을 수 없는 번역된 외국 시집 같은 건 읽어서는 안 된다고 주장하던 스무 살. 그때의 난 대학교 이학년이 아니라 중2병 환자였던 것 같다. 그런 나를 며칠이나 가슴 설레게 만든 작가는 한강이었다.

가슴 설렌 이유는 간단했다. 한강은 시인으로 먼저 등단

한 뒤 소설가로 또 등단한 작가라는 게 그 이유였다. 다분히 일차원적이고 표면적인 이유였지만, 그런 한강의 이력이 시시껄렁한 스무 살 시인 지망생의 마음을 움직였던 거다. 책은 사서 안 봐도 작가의 이력쯤이야 줄줄이 꿰고 있던 나는, 시인이 되겠다는 집념으로 맹랑하게도 소설을 멀리하던 나는, 그가 분명 시의 언어로 소설을 쓰고 있을 거라 믿었다. 한강이 이번 행사에 초대될 거라는 소식을 접한 나는 부랴부랴 서점으로 달려가 『여수의 사랑』과 『내 여자의 열매』를 샀고, 며칠을 탐독했다. 우울했다. 본질만 남은 실체가 내 가슴을 짓누르는 느낌이었다. 소설이란 걸 처음 접한 건 아니었지만, 무지몽매 지망생이었던 나에게 처음으로 소설이 '감각'으로 다가온 경험이었다. 내 멱살을 쥐고 있는 어떤 묵직한 악력에서 도무지 헤어날 수 없을 것 같던 느낌. 그것은 소설이었고, 동시에 시였다.

그해 국문과 작가와의 만남에 한강 작가가 초대될 거라는 건 어느 정도 예견된 일이었다. 그때까지 이 년간 학교를 다니면서 내가 가장 많이 들었던 이름은 한강이었다. 수업 시간에도, 쉬는 시간에도, 방과후 술자리에서도 선배들과 동기들은 너나없이 한강을 이야기했다. 여성 비율이 높았던 학과 특성 때문이었는지도 모르겠지만, 그것은 주로 여성의 목소리로 내 기억 속에 남아 있다. 가까이 지내던 여성 선배와 동기는 하나같이 한강의 감성에 매료돼 있었다. 대부분 우리 과 여학우들에게 한강은 이미 일종의 트렌드가 돼 있는 느낌이었다. 그런 와중에 문학적 자의식을 갖추기는커녕 그게 뭔지도 몰랐던 나는 그저 연예인을 향한 동경 비슷한 마음으로, 유명 작가를 목전에서 바라보리라는 단출한 열망 같은 게 생겨났고, 그래서 한강의 소설을 읽게 된 것 같다.

한바탕 요란했던 발표회가 끝난 뒤 나는 골초 무리에 섞여 행사장 밖으로 나가 의미 없는 잡담을 나누다 들어왔고, 그사이 사회를 맡은 학회장 선배가 마이크를 붙잡고 2부 행사의 시작을 알리고 있었다. 아직 단상에 놓인 의자가 비어 있었으므로 나는 한강 작가의 강연을 한순간도 놓치지 않았음에 안도하며 자리에 앉았다. 학회장 선배가 미리 준비한 작가의 약력을 주저리주저리 읊조리자 이윽고 행사장 구석 어딘가에 있던 한강 작가가 모습을 드러냈다. 많은 시

간이 지난 탓에 그때 한강 작가가 어렸던 우리에게 어떤 이
야기를 들려주었는지는 전혀 기억나지 않는다. 그러나 그
때 그녀의 목소리와 몸짓만큼은 아주 선명히 내 기억 속에
남아 있다. 진심으로 친절하고 따뜻했으나 왠지 모를 아픔
같은 게 느껴지는 목소리였고, 어느 정도 유쾌한 몸짓과 온
화한 미소는 단아하면서도 기품이 있었지만 또 어딘가 모르
게 상처를 숨기고 있는 듯한 느낌이었다. 행사가 있기 며칠
전 읽은 소설이 나에게 환상을 심어놓았는지도 모를 일이
었다. 하지만 나는 그날 이런 생각을 했었다. 「여수의 사랑」
의 자흔은 저런 목소리와 저런 모습을 하고 있을 거라고.

  작가와의 만남이 끝나자 행사가 끝이 났고, 하루가 끝이
났고, 학기가 끝이 났고, 한 해가 끝이 났다. 경비원 아저씨
는 기다렸다는 듯이 행사장을 단속하기에 바빴다. 행사장
의 조명은 하나씩 차례대로 꺼지지 않고 한꺼번에 모조리
꺼져버렸다. 다수의 무리는 뒤도 안 돌아보고 뒤풀이 술집
으로 사라졌고 스물 남짓한 학생들만 행사장 앞 복도에 줄
을 서 있었다. 줄을 선 사람은 모두가 한강 작가를 사랑하
는 여학우들이었고, 그들 모두 한강 작가와 친해 보였다. 줄

의 맨 앞에서 평소 어떤 일에든 알은체 잘하는 선배가 큰 소리로 존경을 표하고 있었다. 순간 나는 거기 같이 서 있지 않았던 것처럼 한 발짝 물러섰고, 줄어드는 줄을 따라 앞으로 이동하지 못한 채 제자리에서 쭈뼛거리기 시작했다. 한강 작가에게 '안녕하세요?'라고 인사하는 것 자체가 크게 무례한 일일 것 같았다. 나는 한강 작가에게 다가가지 않았고, 인사를 하는 것보다 제자리에서 식물처럼 서 있는 게 아름다운 일일지도 모른다는 정신 못 차린 문학 오타쿠 본연의 상상을 하며 「내 여자의 열매」 마지막 구절을 속으로 되뇌고 있었다. "봄이 오면, 아내가 다시 돋아날까. 아내의 꽃이 붉게 피어날까. 나는 그것을 알 수 없었다."

(『아레나 옴므 플러스』 2016년 5월호)

오늘,
친구를 생각하다

어쩌지, 나는 거기 멈춰 있는데

살다보니 글을 쓰게 되었다. 살다보니 글을 쓰고 있고 남의 글을 책으로 만들고 있기까지 하다. 살다보니 글을 쓰고 책을 만드는 가족이 생겼고, 살다보니 글쓰고 책 만드는 친구들이 생겼다. 내 삶이 앞으로 어떤 방향으로 바뀌게 될지 모르겠으나, 지금 내 주변엔 온통 그들뿐이다.

어쩌다 나는 지금의 나로 살고 있을까. 어쩌면 깊이 고민할 필요도 없는 질문일 테다. 이게 다 부모 때문이다. 부모가 나에게 글을 쓰라거나 책을 만들라고 권유한 적은 없다. 하지만 이게 다 부모 때문이다. 일찍 세상을 떠난 엄마 때문이고, 하고 싶은 것들을 못하게 막은 아버지 때문이다. 부모를 원망하는 건 아니다. 환경이 그러했을 뿐, 그때그때의 내 선택이 지금의 나를 만들어놓았을 테니까. 내가 지금과 전혀 다른 방향을 선택했다 한들 얼마나 더 나은 삶을 살고 있을까 싶기도 하다.

2001년 2월에 엄마가 돌아가셨다. 엄마가 오래 앓긴 했지만, 갑작스러운 죽음은 상상해본 적도 없는 터였다. 엄마의 갑작스러운 죽음 때문에 (아버지의 교육 방침과는 다르게) 조금은 막살게도 되었지만, 그 덕에 시를 놓지 않게 되기도 했다.

중학교 일학년 때였던가, 한동네서 오래 같이 살던 한 친구의 아버지가 돌아가셨다. 그때 장례식이란 델 처음으로 혼자 가보았다. 가기 전부터 무섭고 엄숙하고 괴로웠다. 하지만 막상 장례식장에서 마주한 친구 녀석은 아무렇지도 않아 보였다. 나에게 시답잖은 농담이나 던지면서. 그때 난 그 녀석을 이해할 수 없었다. 아버지가 죽었는데 슬퍼하지도 않는 걸 보니 저놈은 아주 못된 놈인 게 분명하다 결론짓고는 녀석과 멀어졌다.

지금 나는 그때의 내 결론을 후회한다. 이십사 년 전 엄마를 잃고 알았다. 부모의 죽음이라는 것은 막상 닥쳐온 바로 그때에는 실감이 나지 않는 것이었다. 시간이 흐르면서 빈자리가 문득문득 느껴질 때야 비로소, 그 시간이 켜켜이 쌓여 큰 무게로 돌아올 때야 비로소 진짜 슬픔이란 것을 느낄 수 있는 것이었다. 세월이 흐르면서 아무리 보고 싶어도 볼 수 없다는 걸 몸소 깨달을 때야 비로소 진정한 설움을 느낄 수 있는 것이었다. 그러므로 나의 엄마에 대한 추념은 끝이 없거니와 시간이 갈수록 더욱 커져만 가는 것이다. 어쩐다. 나는 엄마의 죽음에서 한 발짝도 빠져나오지 못했다.

엄마를 일찍 여의고 나서 어느 정도 죽음에 의연해지게 된 것은 일종의 자랑거리이기도 하다. 가까운 친구들은 가족의 상을 치르게 되면 가장 먼저 나에게 연락한다. 상주 역할까지는 아니어도 경황없는 그를 위해 전반의 절차를 안내하거나 장례식장에서 능청스레 분위기를 북돋우기도 한다. 죽음에 대한 의연함, 이게 엄마가 나에게 주고 간 일종의 선물일지 모르겠다.

에
세
이

오늘,
2월의 야구를 추억하다

스트라이크아웃 낫아웃

스트라이크아웃. 분명 공 두 개쯤은 빠져나간 바깥쪽 볼
이다. 억울하다. 억울하지만 하소연할 곳은 아무데도 없다.
이렇게 먼 공을 어떻게 치냐고 심판에게 따져 물을까도 싶
지만 그나 나나 아마추어긴 매한가지다. 아마추어에게 번
복은 있을 수 없다. 물어보나마나 결과는 정해진 것이다.
나는 아웃당했다. 그것도 스탠딩 삼진 아웃을. 분을 삭이며
더그아웃으로 몸을 돌린다. 멀게만 느껴지는 더그아웃까지
나는 땅을 보며 걷는다. 걷는 동안 미안한 마음이 든다. 동
호회 팀원들이 아니라 그곳에 있지도 않은 아내에게 그렇
다. 내가 쥐고 있던 것은 아내 몰래 사다 감은 새 배트 그립
이다. 더그아웃에 들어가기 직전 다시금 그립을 그러모아
쥐고 괜스레 배트를 크게 휘두른다.

프로야구보다 몇 개월 일찍 개막하는 사회인야구. 우리의 2월, 야간의 야구장. 이곳엔 아무것도 없다. 그럴듯한 관중석도 없고 떠들썩한 응원단도 없다. 허술한 조명탑 아래 부채꼴의 도형과 네 개의 베이스만 덩그러니 놓여 있다. 야간의 야구장은 공허하다. 물론 우리 선수 아홉 명이 있고 상대 선수 아홉 명이 있으며 심판은 두 명씩이나 있다. 그러나 이곳엔 아무것도 없다. 알루미늄 배트에 야구공 빗맞는 소리나 목쉰 심판 아저씨의 걸걸한 호통만 허공을 잠깐씩 맴돌다 사라진다. 야간의 야구장엔 아무것도 없다. 다만 내가 있을 뿐이다. 스무 명의 서로 다른 내가 각자의 자리에서 자신의 배역에 충실히 빠져 있을 뿐이다. 누가 안타를 치든 누가 도루를 하든, 나는 나의 스탠딩 삼진 아웃만을 떠올리며 외로운 그라운드에 서 있을 뿐이다. 그런 나를 누구도 손가락질하지 않는다. 나는 연봉을 받지 않는 선수이므로, 나는 회비를 내는 선수이므로, 그런 나들은 나들을 손가락질하지 않는다.

겸연쩍은 표정으로 더그아웃에 들어서지만 팀원들은 내

아웃에 별 관심이 없다. 제 타순이 가까워온 이들은 제각각 스윙 연습에 여념이 없고, 타순이 아직 먼 이들은 먼발치에서 차기 대권 주자에 관한 토론으로 정신이 없다. 나는 그런 팀원들의 모습이 자못 따뜻하게 느껴진다. 이제 내 아웃은 나만 잊으면 되는 거다. 그러나 그토록 아픈 아웃은 쉽게 잊을 수 없는 법. 나는 글러브를 꺼내 들고 수비 나갈 준비를 하며 나에게 최면을 걸기 시작한다. 나는 삼진당했지만 아웃되지 않았다고. 나는 오심으로 희생당한 억울한 1번 타자다. 그리고 언제나 그렇듯 수비에 나가 우스꽝스러운 실책들을 하고 나면 다른 아픔들 속에서 좀전의 스탠딩 삼진 아웃은 추억이 되고 말겠지.

그때뿐이다. 아픔은 고작 딱 그때뿐이라 매번 야구장을 찾는다. 오롯이 홀로 서 있는 곳, 홀로 서 있을 수 있는 곳, 야구장. 엉망진창 경기가 끝나고 집으로 돌아가면 경쾌한 꽝음을 울리며 중견수 너머로 사뿐히 날아가던 작년의 내 선명한 이루타만을 나는 다시금 곱씹을 것이었다.

시

오늘,
안도하다

이월

그해 2월은
도무지 이월되지 않고
여기까지 와 있다

그해 2월은
잊히지 않고
기어코 여기까지 와 있다

그해 2월이,
아팠던 그해 2월이
죽어 사라지지 않고
여기까지 같이 와 보란듯이 옆에 서 있다

원망스러운 그해 2월이,

그해 2월만 아니었다면

지금의 내가 아닌 다른 내가

이런 글은 쓰지도 않을 것 같은 나로

살아가고 있을 것만 같은

그런 2월이

다른 길로 가지 않고 온전히 내 옆에 살아 있다

죽지 않고 여기에 있어서 다행이다

내가 죽을 때까지 죽지 않을 것 같아서

천만다행이다

이월되지 않는 엄마

ⓒ 임경섭 2025

초판 1쇄 인쇄 2024년 1월 20일
초판 1쇄 발행 2025년 2월 1일

지은이 임경섭

책임편집 김동휘
편집 유성원 권현승
표지디자인 한혜진
본문디자인 이원경
저작권 박지영 형소진 오서영
마케팅 정민호 박치우 한민아 이민경 박진희 황승현
브랜딩 함유지 함근아 박민재 김희숙 이송이 김하연 이준희 박다솔 조다현 배진성
제작 강신은 김동욱 이순호
제작처 영신사

펴낸곳 (주)난다
펴낸이 김민정
출판등록 2016년 8월 25일 제406-2016-000108호
주소 10881 경기도 파주시 회동길 210
전자우편 nandatoogo@gmail.com **페이스북** @nandaisart **인스타그램** @nandaisart
문의전화 031-955-8875(편집) 031-955-2689(마케팅) 031-955-8855(팩스)

ISBN 979-11-94171-36-2 03810